光文社文庫

文庫書下ろし／長編時代小説

白《はく》刃《じん》

鬼役 十四

坂岡　真

光　文　社

この作品は光文社文庫のために書下ろされました。

目次

※巻末に鬼役メモあります

幕府の職制組織における鬼役の位置

- 将軍
  - 大老
    （臨時で置かれる）
  - 老中
  - 京都所司代
  - 側用人
  - 大坂城代
  - 寺社奉行
  - 奏者番
  - 若年寄
    - 書院番頭
    - 小姓組番頭
    - 林大学頭
    - 小普請奉行
    - 西丸留守居
    - 百人組頭
    - 新番頭
    - 目付
    - 徒頭
    - 小納戸
    - 奥右筆組頭
    - 表右筆組頭
    - **膳奉行**
    - 賄頭
    - 小石川御薬園預
    - 鳥見
    - 大坂定番

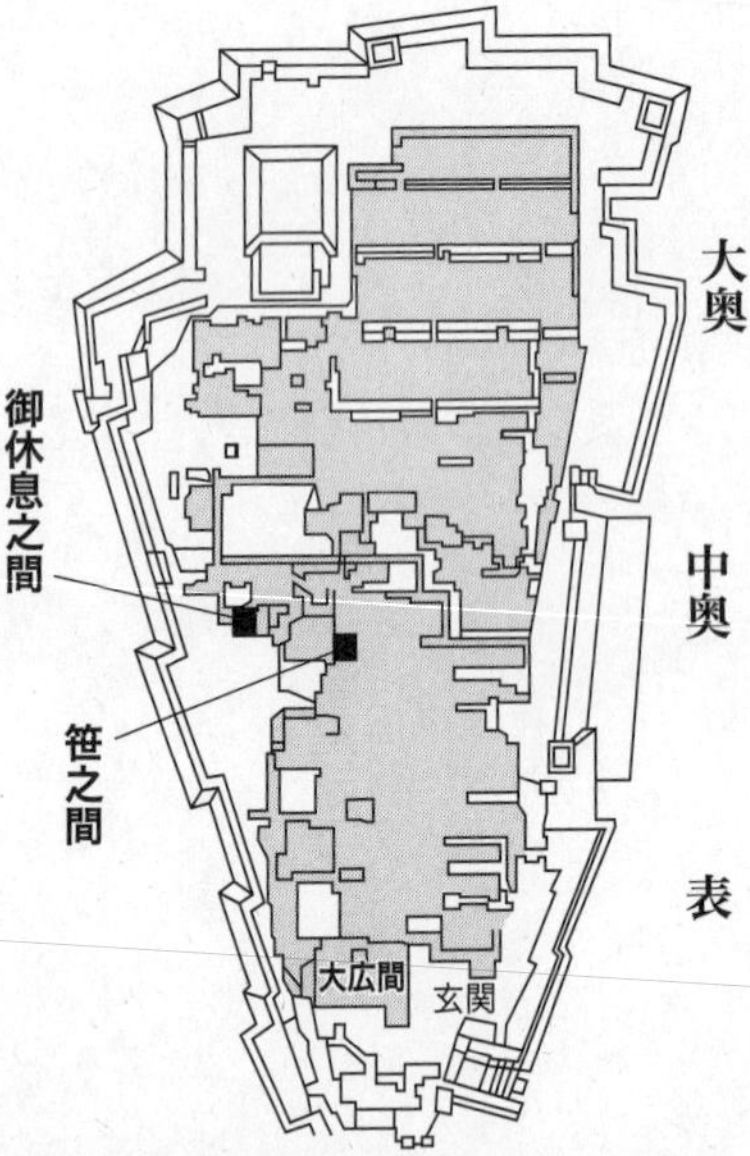

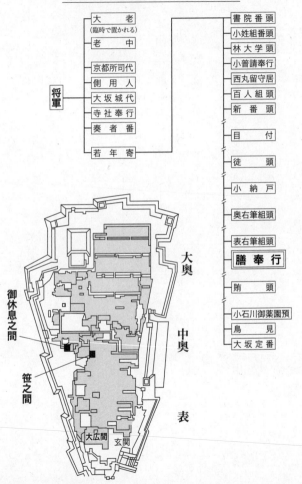

鬼役はここにいる！

★御休息之間御下段：将軍が食事をとる場所。毒味が終わると食事はここへ運ばれる。

◆笹之間：御膳奉行、つまり鬼役が毒味を行う場所。将軍の食事場所に近い。

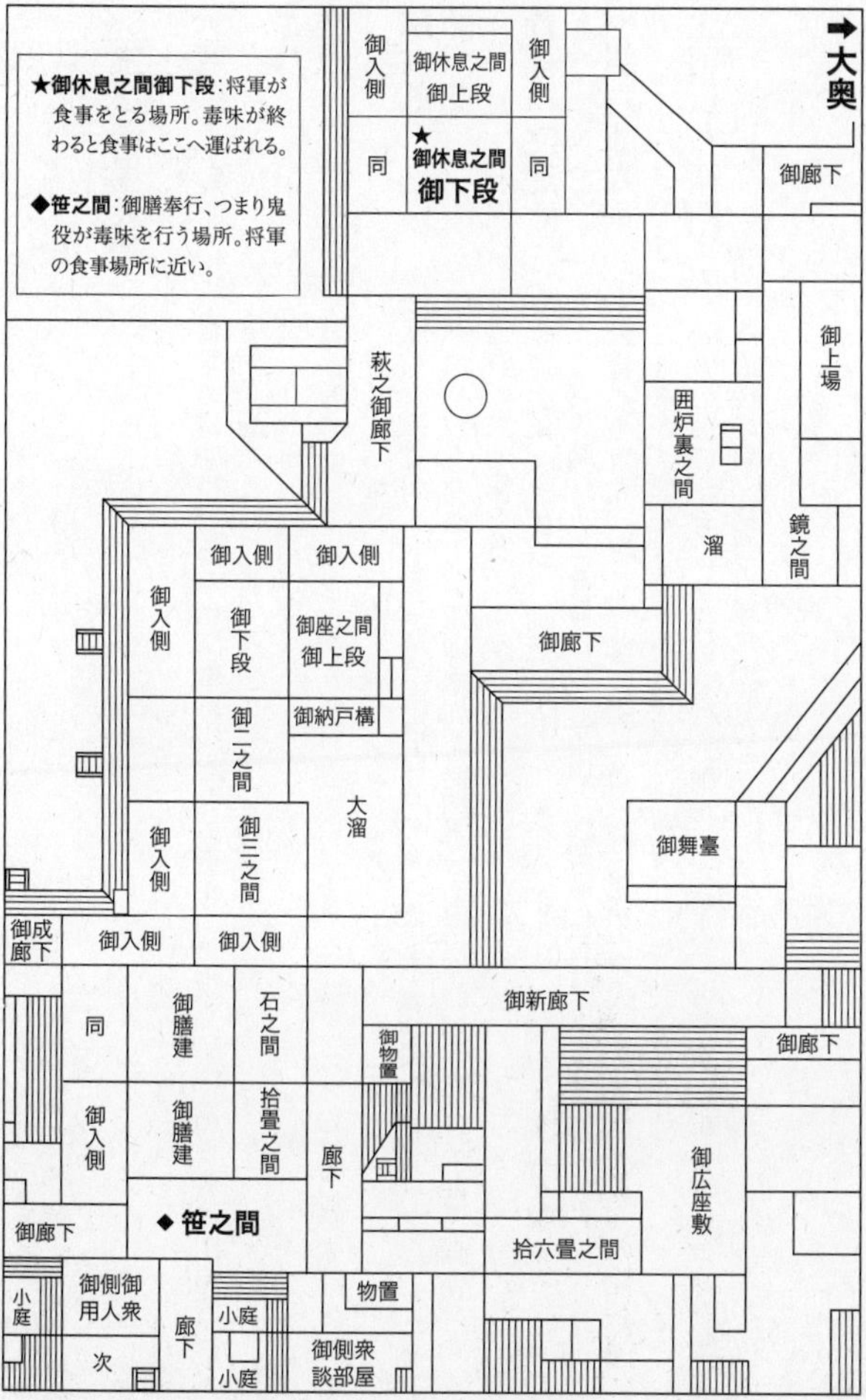

主な登場人物

矢背蔵人介……将軍の毒味役である御膳奉行。またの名を「鬼役」。お役の一方で田宮流抜刀術の達人として幕臣の不正を断つ暗殺役を務めてきた。

志乃……蔵人介の養母。薙刀の達人でもある。

幸恵……蔵人介の妻。徒目付の綾辻家から嫁いできた。蔵人介との間に鐵太郎をもうける。弓の達人でもある。

鐵太郎……蔵人介の息子。いまは蘭方医になるべく、大坂で修業中。

卯三郎……納戸払方を務めていた卯木卯左衛門の三男坊。わけあって天涯孤独の身となり、矢背家の養子となる。

綾辻市之進……幸恵の弟。真面目な徒目付として旗本や御家人の悪事・不正を糾弾してきた。剣の腕はそこそこだが、柔術と捕縄術に長けている。

串部六郎太……矢背家の用人。悪党どもの臑を刈る柳剛流の達人。長久保加賀守の元家来だったが、悪逆な遣り口に嫌気し、蔵人介に忠誠を誓う。

土田伝右衛門……公方の尿筒持ち役を務める公人朝夕人。その一方、裏の役目では公方を守る最後の砦。武芸百般に通じている。

鬼役 二十四

白刃《はくじん》

十六夜《いざよい》の月

一

――りっ、りっ、りっ。

蟋蟀《こおろぎ》が鳴いている。

御膳所の竈《かまど》の陰にでも潜んでいるのだろうか。

初冬まで生き残って鳴く蟋蟀は「綴《つづ》れ刺《さ》せ蟋蟀」と呼ばれ、冬仕度のために着物の手入れを促すという。

「早う来い、おぬしも早うこっちへ来い」

黄泉《よみ》の彼方から、蟋蟀が囁《ささや》きかけてくる。

はっとして、矢背《やせ》蔵人介《くらんどのすけ》は目を開けた。

が、すぐに起きあがることはできない。

寝所の褥《しとね》に縛りつけられたまま、消え入りそうな鳴き声に耳をかたむけるしかなかった。


橘右近《たちばなうこん》が内桜田《うちさくらだ》御門前で自刃を遂げたのは、長月《ながつき》二十二日のことだ。月が替わって玄猪《げんちょ》の祝いが催された神無月《かんなづき》七日の夜、蔵人介は得体の知れぬ者の導きで城中深奥の御用之間へ跫音《あしおと》を忍ばせた。

橘から何度となく密命を与えられた隠し部屋には誰もおらず、一輪の白い橘と短冊が置いてあった。


——季節外れの橘一輪、千紫万紅《せんしばんこう》を償いて余れり

短冊に綴《つづ》られた文の筆跡は、公方家慶《くぼういえよし》のものにまちがいなかった。

不覚にも涙が零《こぼ》れそうになり、長らく御小姓組番頭《おこしょうぐみばんがしら》をつとめた老骨の忠臣が家慶からいかに重用されていたのかもわかった。

だが、橘の遺志を継ごうとする者の正体は判然としない。

もちろん、家慶であるはずはなかったし、隠し部屋のことを知る何者かがこちら

の出方を慎重に窺《うかが》っていることは想像に難くないが、正直、敵か味方かの判断すらつきかねていた。

その夜から、さらに八日経った。

——悪辣非道《あくらつひどう》な奸臣《かんしん》を成敗《せいばい》せよ。

という密命は、誰からも下りてこない。

橘が生きていたころと同様に時は流れ、蔵人介はいつものように中奥《なかおく》の笹之間《ささのま》で毒味御用にいそしんでいる。

市中の大きな出来事と言えば、芝居町《しばいまち》が丸ごと焼失してしまったことだ。火元は日本橋堺町《にほんばしさかいちょう》の中村座《なかむら》。人気を博した芝居小屋は櫓《やぐら》ごと消えてなくなり、堀江六軒町《ほりえろっけんちょう》、元大坂町《もとおおさかちょう》、新和泉町《しんいずみちょう》、新乗物町《しんのりものちょう》などの一帯も焼け野原となった。

火付けではないかと疑われている。広範囲な延焼は免《まぬか》れたものの、老中首座の水野越前守忠邦《みずのえちぜんのかみただくに》は「この際、風紀紊乱《びんらん》の温床《おんしょう》ともなる芝居町を無くしてはどうか」と主張し、内外から反撥《はんぱつ》を招いていた。

春先に大御所家斉《いえなり》が逝去したのち、忠邦は「改革」の名のもとに厳しい質素倹約を強《し》いてきた。身を飾りたててはならず、料理茶屋で美味いものを食べてもならぬ。歌舞音曲《かぶおんぎょく》や鳴り物は控え、贈答音物《いんもつ》のたぐいをやりとりしてはならぬ。

重箱の隅を突つくような数々の奢侈《しゃし》禁止令によって、高価な着物を扱う呉服屋や金箔《きんぱく》を扱う箔《はく》屋や名の通った菓子屋などが廃業を余儀なくされた。寄席や宮地《みやち》芝居といった庶民の娯楽までが制約を受け、隣人にささやかな贅沢を密告されて縄を打たれた者もいる。誰もが他人の目を気にするようになり、巷間《こうかん》の人々は「お天道《てんと》さまに顔を向けて大笑いもできなくなった」と嘆いていた。

窮屈で世知辛《せちがら》い世の中になっても、蔵人介の役目に変化はない。

公方家慶に供される料理を口に入れ、毒の有無を確かめる。膾《なます》や菜のみならず、味噌や山葵《わさび》も塩の一粒まで嘗《な》めて確かめ、鯛《たい》の尾頭《おかしら》付きであれば小骨もすべて取りさり、事と次第によっては毒を啖《くら》わねばならぬときもあった。

公式行事では布衣《ほい》も許されぬ役料二百俵取りの御膳奉行《ごぜんぶぎょう》が、出仕の折りはいつも首を抱いて帰宅する覚悟を決めている。命を懸けねばならぬ役目ゆえに「鬼役」とも呼ばれていた。

それでも、蔵人介に不満はない。つつがなく役目を全うすることに、おのれの矜持《きょうじ》を懸けている。

――毒味役は毒を啖うてこそのお役目。河豚《ふぐ》毒に毒草に毒茸《きのこ》、なんでもござれ。死なば本望《ほんもう》と心得よ。

養父に伝授された教訓は、継嗣と定めた養子卯三郎《うさぶろう》へ引きつがれつつある。

ただし、このまま役目をつづけられるかどうかの保証はない。

後ろ盾の橘はあの世へ逝き、針の筵《むしろ》に座らされているのも同然だった。

橘右近は諫言《かんげん》も平然とやってのけるご意見番であったがゆえに、家慶から重用され、水野忠邦からは疎《うと》まれた。蔵人介は忠邦から橘子飼いの刺客とみなされていたので、役を外されたうえに命を狙われても不思議ではないのだ。

卑劣な手段を講じてくるとすれば、筆頭目付《めつけ》の鳥居耀蔵《とりいようぞう》あたりだろう。

不気味なほどの静けさが、嵐の前触れを予兆させる。

――りっ。

蟋蟀の鳴き声が途切れた。

蔵人介は褥から起きだし、音も立てずに寝所を出た。

気配を殺して廊下を進み、御膳所の裏手へやってくる。

煌々《こうこう》と輝く望月《もちづき》が、庭に敷かれた白砂に庇《ひさし》の影を映していた。

――りっ、りっ、りっ。

ふたたび、蟋蟀が鳴きはじめる。

厠《かわや》の陰に潜んでいるのは、公人朝夕人《くにんちょうじゃくにん》の土田伝右衛門《つちだでんえもん》にほかならない。

公方が尿意を告げたとき、いちもつを摘《つま》んで竹の尿筒《しとづつ》をあてがう。十人扶持《ぶち》の軽輩にすぎぬものの、武芸百般に通暁《つうぎょう》し、いざとなれば公方の身を守る最強の盾となる。幕臣随一の剣客と評される蔵人介であっても、容易に勝てる相手ではない。

伝右衛門は橘から信頼され、長らく密命を伝える役目を負ってきた。

主人を失った虚しさは、自分よりも遥かに大きかろうと、蔵人介はおもっている。

「遅うござりましたな」

暗がりから、囁き声が聞こえてきた。

八日ぶりだが、何やら懐かしい気もする。

「こうした機会が訪れるとはおもわなんだぞ」

「ご相談いたしたきことがござります」

「まさか、密命ではなかろうな」

「そのまさかにござる」

「何だと」

「橘の花一輪手向《たむ》けた人物が誰なのか、お知りになりたいところでござりましょうが、残念ながらそれがしにもわかりませぬ」

「密命だけは届いたと申すのか」

「はい。尾籠《びろう》なはなしでござるが、尿筒のなかに文をみつけました」

暗がりから、すっと紙片が差しだされた。

受けとって月影に翳《かざ》しても、文字は書かれていない。

「火に炙《あぶ》れば、的《まと》に掛ける幕臣の名が浮かんでまいります」

「なるほど、それで」

「誅《ちゅう》すべき奸臣ならば、密命を果たすべきではないかと」

「正体もわからぬ相手の言いなりになるのか」

「密命を果たさねば、相手の正体を見極める機会も逸しましょう」

一理ある。だが、誅殺《ちゅうさつ》に踏みきる決め手にはならない。

「罠かもしれぬ」

「たしかに。されど、鬼役ひとり消そうとおもえば、いつでもできましょう。何せ、相手は幕政の舵《かじ》を握る御仁《ごじん》ですからな」

なるほど、水野忠邦がその気になれば、御膳奉行のひとりくらいは即座に排除できよう。腹を切らせる口実なら、いくらでもでっちあげられる。

「水野さまがそうなされぬ理由は、取るに足らぬとみているからか、使い道があると踏んでいるからか、どちらかにござりましょう」

「もうひとつ、橘さまが養母上《ははうえ》に託された御墨付《おすみつき》のこともある」

「『何人もかの家を侵すべからず』と記された大権現《だいごんげん》様の御墨付でござりますな」

「ふむ」

徳川幕府開闢《かいびやく》の折り、家康は格別に手柄のあった御側衆《おそばしゆう》のひとりに敢えて大名の地位を与えず、徳川家を未来永劫《えいごう》にわたって陰で支える役目を負わせることにした。その御側衆こそ橘家の当主であり、重要かつ困難な役目を負わせるにあたって、家康はみずからの筆になる御墨付を与えていた。

「御墨付には『橘家は策をもって仕えよ。そして、剣をもって仕える家と、間《かん》をもって仕える家を配下に置け』と記されてあるとか。ご生前、橘さまに伺いました」

蔵人介もみずからの目でその文言は確かめた。

剣をもって仕える家とは矢背家、間をもって仕える家とは土田家のことだ。

肝心要の橘家が無くなった今、御墨付の効力は失われたやにみえる。それとも、橘家に代わって策を講じる家の当主があらわれるのだろうか。微《かす》かな期待と大きな不安が、蔵人介の胸中に渦巻いていた。

「明晩亥《い》ノ刻、永代寺門前仲町《えいたいじもんぜんなかちよう》の『万水楼《まんすいろう》』へお越しくだされ」

「『万水楼』とは、馬繋場《うまつなぎば》のある料理茶屋のことか」

「はい。とある商人の接待で、的が足を運ぶはず。誅すべき相手かどうかは、そのときにお報《しら》せします」

行くとも行かぬとも応えず、蔵人介は押し黙る。

公人朝夕人の気配は消え、蟋蟀の鳴き声も遠ざかった。

二

翌晩、深川《ふかがわ》永代寺門前大路。

背後には大鳥居が聳《そび》え、鼻先には『万水楼』の灯《あか》りがみえる。

亥ノ刻が近づいても、伝右衛門はあらわれない。

「十六夜《いざよい》の月は、とりわけゆっくり昇るとか」

従者の串部六郎太《くしべろくろうた》は、何か風流な台詞《せりふ》でも吐こうとして口ごもる。

蔵人介は眉ひとつ動かさない。ほとんど瞬《まばた》きをせぬ切れ長の眸子《まなこ》と真一文字に結ばれた薄い唇、鼻筋のとおった横顔は冷徹そのものだ。

「殿、何やら血が騒ぎまする」

串部はそう漏らし、横幅のある蟹のような身をぶるっと震わせた。

蔵人介は舌打ちしたくなった。

「まだやると決めたわけではないぞ」

「承知しております。されど、彦坂織部《ひこさかおりべ》なる四十男、婿養子のくせして奥方に隠れて美しい妾《めかけ》を囲っておるとか。これひとつ取っても、まっとうな人物とはおもえませぬ」

串部に説かれるまでもなく、彦坂の悪い噂は耳にしていた。炙りだしで紙に名が浮かんだ瞬間、眉を顰《ひそ》めたのも事実だ。

「おおかた、奥御右筆組頭《おくおゆうひつくみがしら》の立場を巧みに使い、諸大名や御用商人から小金をせびっておるのでしょう」

奥右筆組頭は役料こそ二百俵にすぎぬものの、公方への取次役として鍵を握る役目と考えられていた。諸大名からあがってくる書状にはかならず目を通し、公方に届ける順番をおのれの匙《さじ》加減ひとつで決められる。あるいは、幕閣《ばっかく》で立案された施策を仔細《しさい》に調べる役目も負っているので、町触れの内容をいち早く知りたい御用商人たちがしきりに媚《こ》びを売りたがる。

心得次第ではいくらでも甘い汁を吸える役目だけに、よほど清廉《せいれん》でなければぱつとまらない。彦坂織部はどうやら、御政道の中核を担うべき者の本分を忘れてしまったようだった。

命じられたとおり、葬るべき奸臣なのかもしれない。

やると決めれば、無論、蔵人介に躊躇《ためら》いはなかった。

腰に差した黒蠟《くろろ》塗りの鞘《さや》が、月影に艶めいてみえる。

柄の長い長柄刀《ながつかとう》を抜けば、冴えた地金《じがね》に互《ぐ》の目《め》丁子《ちょうじ》の刃文《はもん》が煌《きら》めくであろう。

愛称は鳴狐《なきぎつね》、矢背家に縁の深い山形《やまがた》藩秋元《あきもと》家の殿さまから頂戴した粟田口国吉《あわたぐちくによし》の銘刀にほかならない。

蔵人介が田宮《たみや》流居合の名人ならば、串部は柳剛《りゅうごう》流の手練《てだれ》だった。

両刃の同田貫《どうたぬき》を抜くや、地べたすれすれに走り、相手の臑《すね》を確実に刈りとる。

しかし、踏みきるにはまだ早い。

伝右衛門の調べを待たねばならぬと、蔵人介はおもっていた。

「串部よ、妾を囲っておるというだけで、人ひとりの命を奪うのか。何をそう焦る。そもそも、誰の密命かもわからぬのだぞ」

「殿、そこなのでござる。橘さまがお亡くなりになったのち、二度とかような機会は訪れぬものとあきらめておりました。そこへ、得体の知れぬ御仁から密命が下された。橘さまがきっと、どなたかに後顧《こうこ》を託しておられたのでござりましょう。それがしは、さように信じておりまする」

串部の気持ちもわからぬではない。

この世には生かしておけぬ悪党どもが跳梁跋扈《ちょうりょうばっこ》している。が、密命もなしに葬れば、それはただの人斬りにすぎぬ。しかるべき人物から下された役目であるからこそ、正義の刃をふるうことができるのだ。

奸臣成敗の御墨付を、串部は欲しがっている。

橘右近に代わる人物があらわれるのを、心の底から待ち望んでいるのだろう。

「大奥さまがお持ちになった添え状にも、記されていたではございませぬか」

「『はじめて密命を下した者にしたがえ』か」

「さようにござります」

その書状は、橘が茶室で志乃《しの》に託した大権現家康《いえやす》の御墨付に添えられていた。橘の筆跡ではあったが、あまりに謎めいた文言ゆえに、遺言として受けとってよいのかどうかの判断すらつきかねている。

「大奥さまは何と」

「密命の内容を知りたいご様子であったが、何も言わずにお渡しくだされたわ」

「もしや、ご存じなのでは」

「御墨付はご覧になっておらぬご様子だが、察しておられるのやもしれぬ」

矢背という姓は、志乃の生まれ故郷でもある京洛北《きょうらくほく》の八瀬《やせ》に由来する。

八瀬の民は八瀬童子《どうじ》の末裔《まつえい》で、八瀬童子は閻魔《えんま》大王に使役《しえき》された鬼の子孫と信じられていた。ゆえに、鬼を秘かに奉じつつ、何代にもわたって皇族の輿《こし》を担ぐ力者《りきしゃ》の役目を担ってきた。戦国の御代には禁裏《きんり》の間諜《かんちょう》となって暗躍し、織田信長《おだのぶなが》でさえも「天皇家の影法師」と呼んで底知れぬ能力を懼《おそ》れたという。

矢背家は八瀬の首長に連なる家柄、しかも、女系である。蔵人介も先代の信頼《のぶより》も御家人《ごけにん》出の養子で、信頼と志乃は子を授からず、鬼の血を引く矢背家の血脈は志乃で途絶えた。養子に迎えた卯三郎はもちろんのこと、妻の幸恵《ゆきえ》は徒目付《かちめつけ》の綾辻《あやつじ》家から娶《めと》った女ゆえ、大坂《おおさか》で医者を志す実子の鐵太郎《てつたろう》にも鬼の血は流れていない。

「御墨付によれば、矢背家は剣をもって徳川家に仕えるべく宿命づけられたのでござりましたな。考えてみれば、大奥さまが密命の中身をご存じないのはおかしゅうござりませぬか」

「ご先祖が八瀬の地を離れたのは元禄《げんろく》末年、今から百四十年もまえのことだ」

みずからの死を予感した橘が吐露してくれた内容だった。矢背家に白羽の矢を立てたのは、ときの老中首座秋元但馬守喬知《たじまのかみたかとも》であったという。延暦寺《えんりやくじ》との境界争いで潰されかけていた八瀬衆にたいし、揉《も》め事を解決するかわりに徳川家への忠誠を誓わせたのである。

秋元の命で江戸へ連れてこられたのは、志乃の四代前にあたる矢背家の女当主であった。女当主は橘家の四代目に身柄を預けられたのち、婿を取って一家を立て、将軍家毒味役の地位に就《つ》いた。

毒味役に就きたいと願ったのは、女当主のほうであったらしい。覚悟のほどをしめすべく死と隣りあわせの役目を選択したとも、鬼を奉じる山里の民として鬼の名が冠された役目を選んだとも伝えられている。ただし、毒味役は表の役目で、裏にまわれば橘家の密命を果たす刺客の役目を負わねばならなかった。それゆえ、身分の別なく武勇に優れた養子が求められたのである。

「矢背家の婿となった者は、おのずと奸臣成敗の役目を担うようになった」

裏の役目は養子となった男子《おのこ》本人にしか伝えられず、家人にも漏らさぬようにと厳命されたがゆえに、やがて、八瀬衆の血を引く女たちは本来の役目を忘れていった。

志乃もおそらく、密命のことを先代に教わってはおらぬだろう。かりに知っているにしろ、騒ぎだてするほどのことはあるまい。

何が起ころうとも泰然自若《たいぜんじじゃく》と構えていられるのが、志乃という女であった。

「奥方さまは、そうもいきますまい」

串部は執拗《しつよう》に探りを入れてくる。

蔵人介は振りむき、鋭い眼光を投げかけた。

「幸恵とて、いつなりとでも覚悟は決められる。それなりの修羅場《しゅらば》は潜ってきておるからな」

「いかにも、仰せのとおりにござります」

串部は迫力に気圧《けお》されて空唾を呑み、それ以上は口を閉ざした。

――ごおん。

亥ノ刻を報せる鐘が鳴りだす。

と同時に、闇が動いた。

――ぶるっ。

馬繋場の栗毛が胴震いしてみせる。

料理茶屋の表口から、黒羽二重《くろはぶたえ》を纏《まと》った侍が顔をみせた。

菅笠《すげがさ》をかぶってはいるものの、背恰好から彦坂織部であることはわかる。

駕籠ではなく、馬で来たのだ。

接待役とおぼしき肥えた商人と料理茶屋の女将《おかみ》も見送りにあらわれ、わざわざ馬繋場まで先導しはじめた。

隠密行動ゆえか、用人《ようにん》とおぼしき者はみあたらない。

提灯《ちょうちん》持ちの小者《こもの》がひとり従うだけだ。

「不用心でござりますな」

串部のつぶやきは、白い吐息とともに寒空へ吸いこまれてしまう。

伝右衛門はまだ来ない。となれば、踏みだすわけにいかなかった。

躊躇《ためら》いが仇《あだ》となったのは、彦坂が馬の背にまたがった直後のことだ。

殺気を帯びた人影が馬の鼻面に飛びだし、猛然と白刃《はくじん》を抜きはなった。

「あっ」

息を呑むしかない。

閃《ひらめ》いたのは反《そ》りの深い刀だ。刃長は四尺を超えていよう。

――ひひいん。

驚いた栗毛は嘶《いなな》き、前脚を宙にばたつかせる。

「ぬわっ」

彦坂は落馬し、地べたに転がった。

それでも武芸の嗜《たしな》みがあるのか、素早く起きあがるや、腰の刀を抜こうとする。

刹那《せつな》、首を刎《は》ねられた。

声をあげる暇もない。

瞬殺である。

正面から迫った刺客は前屈《かが》みになり、左脇構えでぐんと伸びあがるや、右手一本で長い刀を斜《はす》に薙《な》ぎあげていた。

見事と言うしかなかろう。

微塵《みじん》の躊躇《ちゅうちょ》も無い一刀であった。

蔵人介も串部も呆気《あっけ》にとられたまま、物陰から一歩も動くことができない。

ただし、月明かりを浴びた刺客の横顔は目に焼きつけていた。

どこかでみたことのある顔だ。

「殿、追いまする」

串部は裾を持ちあげ、闇の向こうへ走りさった。

馬繋場には首無し胴が倒れ、商人と女将は腰を抜かしている。

飛ばされた首はみあたらず、主を失った栗毛は神社に奉納された木馬のように佇《たたず》んでいた。

「何故、来ぬのだ」

公人朝夕人に恨み言を吐いても、時を戻すことはできない。

たとえ時を戻せたとしても、的を逃しただけのことだろう。

別の刺客があらわれ、きっちり役目をやってのけた。

同じ夜に同じ的を狙う刺客がいたのだ。

偶然であろうか。

いずれにしろ、このまま放っておくわけにもいくまい。

蔵人介は口惜しげに奥歯を嚙みしめ、惨状と化した馬繋場に背を向けた。

三

数日経った。

伝右衛門からの音沙汰はない。

彦坂織部なる奥右筆組頭は病死とされ、代わりの者が何食わぬ顔で淡々と役目をこなしている。

眸子《まなこ》を瞑《つむ》れば、一刀で彦坂の首を飛ばした鮮やかな手口が甦《よみがえ》ってきた。

——ぶわん。

凄まじい刃音までが聞こえてくる。

しかし、刺客の顔をおもいだそうとすると、霞《かすみ》が掛かったようになる。

あの横顔にはみおぼえがあった。

それは確かだが、どこで見掛けたのかおもいだせない。

焦《じ》れるような日々がつづくなか、笹之間にも新たな毒味役が寄こされた。

「逸見鍋五郎《はやみなべごろう》にござります」

齢《よわい》は三十のなかほどであろうか、小太りのからだつきをしており、上擦った口調で自嘲気味に「それがし、婿養子の子だくさんなのでござる」と言う。無役の小《こ》普請組《ぶしんぐみ》から抜けだし、やっとのことで役を摑《つか》んだらしく、目尻の皺《しわ》に苦労の痕《あと》が窺えた。

「何故、この御役を頂戴したのか、それがしにもようわかりませぬ。縁者は鍋五郎という名のせいだろうと申します。とりあえずは煮炊きに使う鍋でも使っておけと、上の方がお考えになったのではと……」

笑わせたいところのようだが、蔵人介はにこりともしない。

「……じつは、蚤《のみ》の心《しん》ノ臓《ぞう》と嘲《あざけ》る者もおりましてな、身分の高い方々の御前などに参じると、心ノ臓がどきどきしはじめ、耳まで真っ赤になってしまいます。しかも、生来のうっかり者ゆえ、芋と栗をまちがえたりもいたします。かような男にござるが、どうかよしなに、いろいろとご指導いただきとう存じまする」

どうでもよい挨拶を長々とされても、返事のしようがない。ともあれ、目のまえにちょこんと座る丸顔の男を、蔵人介は胸の裡《うち》で「鍋」と呼ぶことにした。

夕餉《ゆうげ》に供される一ノ膳には、つみれの汁椀が載っている。

漆塗りの椀をさり気なく取り、尖らせた口許を近づけた。

薄塩仕立ての汁から、磯の香りがほんのりと匂いたつ。

食欲をそそられても、腹を満たすわけにはいかない。

蔵人介は懐紙で鼻と口を押さえ、自前の竹箸を器用に動かしながら平皿の膾《なます》に取りかかった。

毛髪はもちろん、睫毛《まつげ》の一本たりとも落としてはならない。料理に息がかかるのも不浄とされ、箸で摘んだ切れ端を口にもってくるだけでも手間が掛かる。あらゆる制約のなかで、いかに素早く正確に毒味をおこなってみせるかが、鬼役の腕の見せどころなのだ。

平皿の膾は鯛、栗と生姜《しょうが》が添えてあった。田作《たづくり》と呼ぶ片口鰯《かたくちいわし》の甘露《かんろ》煮は正月の祝魚、鮭の卵のはららごはおろし大根で食す。海鼠《なまこ》の酒漬《びた》しは酒好きな家慶の膳には欠かせぬ一品だ。

煮物に目を移せば、大平皿に鰤《ぶり》の粕《かす》煮が盛られており、結び昆布なども見受けられた。添え物は独活《うど》や蕗《ふき》の薹《とう》や塩松茸《まつたけ》の傘など、葛《くず》をかけて花鰹を散らした大蕪《おおかぶ》は丼に盛られ、鮮度のよい鮑《あわび》や木耳《きくらげ》の玉子とじ、銀杏《ぎんなん》や慈姑《くわい》などの小鉢も所狭しと並んでいる。

これらを手際よく片づけたころ、小納戸《こなんど》の若侍が阿吽《あうん》の呼吸で二ノ膳を運んできた。

薄塩仕立ての汁は大根の輪切り、これには石茸《いわたけ》と花鰹が添えてある。

「……置合わせは蒲鉾《かまぼこ》と玉子焼、お壺《つぼ》はからすみ、なるほど、これらは定番の献立でござりますな」

さきほどから気になっていたのだが、逸見鍋五郎はいちいち膳に並んだ品を低声《こごえ》で反芻《はんすう》する。

「菜と塩雲雀《ひばり》の味付けは赤味噌でござるか。ふんふん、なるほど……」

ひとりで納得している様子が鬱陶《うっとう》しく、黙らせたい衝動に駆られた。

相番《あいばん》はどちらか一方が毒味役となり、別のひとりは監視役にまわる。毒味役に失態があれば介錯《かいしやく》する厳しい役目も負っているので、本来であれば笹之間は張りつめた空気に包まれているはずだった。

ところが、目のまえの新参者は暢気《のんき》に料理の名を口ずさんでいる。

「……豆腐の賽《さい》の目には小鴨《こがも》、焼き白魚《しらうお》には芽独活《めうど》、蜆《しじみ》と漬け占地《しめじ》には小蕪でござるか。さらに、猪口《ちよく》を覗《のぞ》いてみれば、ほう、小鯛と蜆か、美味そうじゃな。黒豆と木耳に小鮒《こぶな》と昆布巻きの煮浸《にびた》し、煮染《にし》めた干瓢《かんぴよう》と山葵《わさび》なんぞもあるな」

蔵人介は表情も変えず、逸見の独り言を黙殺する。

平皿から小鉢へ、小鉢から猪口へ、毒味は淡々とすすんでいった。

頃合いをみはからって、膳運びの小納戸役が顔を出す。

毒味の済んだ料理を「お次」と呼ぶ隣部屋へ移し、汁物は替え鍋で温めなおさねばならない。そして、椀や皿を梨子地金蒔絵《なしじきんまきえ》の懸盤《かけばん》に並べかえたのち、美濃《みの》米の銀《ぎん》舎利《しやり》を詰めたお櫃《ひつ》ともども、公方の待つ御小座敷《おこざしき》へ運んでいく。

御膳所から御小座敷までは遠い。小納戸役は御座之間《ござのま》と御休息之間《ごきゆうそくのま》を右手にみながら長い廊下を足早に渡っていかねばならず、途中で懸盤を取りおとしでもしたら首が飛ぶ。

逸見は小鼻をひろげ、囁くように尋ねてきた。

「滑って転んだ拍子に汁まみれとなり、味噌臭い首を抱いて帰った者もおったとか。それは、まことのはなしにござりましょうか」

「まことだ」

「されば、相番に首を落とされた鬼役は、これまでにおられたのでござろうか」

「おったやもしれぬ。おぬしも、せいぜい気をつけよ」

蔵人介は突きはなすように言い、焼き魚の骨取りに取りかかった。

「それは真鯛の尾頭付き、いよいよにござりますな」

誰かに聞いてきたのだろう。逸見は好奇心を隠そうともせずに膝を乗りだしてくる。

月次《つきなみ》の吉日に供される尾頭付きの骨取りは、鬼役にとっては鬼門中の鬼門とされていた。それほど難しい。何しろ、竹箸の先端で丹念に骨を取り、原形を保ったまま身をほぐしていかねばならぬ。頭、尾、鰭《ひれ》のかたちを変えずに骨を抜きとることは、熟練を要する至難の業《わざ》だ。小骨が公方の喉《のど》にでも刺さったら重い罪に問われるので、鬼役は「小骨ひとつで命をも落とす損な役目」と揶揄《やゆ》されていた。

神経の磨《す》りへる骨取りも、蔵人介はいとも易々《やすやす》とやってのける。

これも厳しい修行のたまものだった。十一で矢背家の養子となり、十七で跡目《あとめ》を相続し、二十四で晴れて出仕を赦《ゆる》された。十七から二十四にいたる七年間は血の滲《にじ》むような修行の日々にほかならず、養父の信頼から毒味作法のいろはを骨の髄まで叩きこまれたのである。

ほかの鬼役には、命を懸けるほどの覚悟がない。ほとんどの者は昇進するための腰掛け程度にしか考えていなかった。おおかた、逸見もその口であろうと、蔵人介は勘ぐった。

「御役に就くにあたって、御小納戸頭取さまからおことばを賜《たまわ》りました。『毒味役は毒を啖うてこそのお役目。死なば本望と心得よ』と。何でもその含蓄《がんちく》のあるおことばは、矢背さまの御家に代々伝わるご家訓であられるとか」

平常《ふだん》からたいせつにしていることばが、どうしたわけか、勝手にひとり歩きしているようだ。蔵人介は不快に感じつつも、表情も変えずに言った。

「毒を啖って死なば本望とでも考えねば、毒味役はつとまらぬ。それだけのことだ」

「はあ」

「ところで、おぬしはさきほどから、いったい何をしておる」

逸見は懐紙を取りだし、筆を嘗めながらしきりに何かを書きつけている。

「じつは、夕餉《ゆうげ》の献立を記しておりました。ご覧になりますか」

畳にひろげられた懐紙を眺め、蔵人介はわずかに驚いた。

達筆な文字で「置合わせは蒲鉾と玉子焼」などと綴られている。

「ほほう、見事なものだな」

「じつを申せば、書を嗜みにしております」

「よい嗜みを持っておるではないか」

逸見はまんざらでもないといった風情で、軽口をたたいた。

「席書《せきがき》にご招待いたしましょうか」

「席書」

料理茶屋などを借りて即興で書画を描く催しのことだ。しかし、幕臣はそうした小遣い稼ぎを禁じられているはずだった。

「芝居見物を禁じられておるのと同じでござる。幕臣でも多くの方が裏に隠れて参じておりますよ。しかも、小遣いどころか、一筆で二十両から三十両を稼ぐ能書の名人もおられます」

何故か、ふいに、彦坂織部の首を飛ばした刺客の顔が頭に浮かんだ。

昨秋に一度だけ、志乃の付き添いで席書を見物したことがあった。

そのとき目にしたのかもしれない。

「無理にとは申しませぬが、書を知らぬ方でもそれなりに楽しめますぞ」

新参者の「鍋」は、悪びれた様子もなく誘いかけてくる。

蔵人介は溜息《つ》を吐きながらも、教えられた場所と日付を脳裏に留《とど》めた。

四

宿直《とのい》明けの朝。

市《いち》ケ谷《がや》御門からつづく御濠《おほり》を背にして、勾配《こうばい》のきつい浄瑠璃《じょうるり》坂を上りきる。

旗本《はたもと》屋敷の建ちならぶ御納戸町《おなんどまち》には城勤めの納戸方が多く住み、音物を抱えて御《ご》用達《ようたし》を狙う商人たちのすがたもめだつ。ゆえに「賄賂町《まいないちょう》」とも呼ばれる武家地の一隅に、蔵人介の拝領屋敷はあった。

二百坪の拝領地に百坪そこそこの平屋、簡素な冠木《かぶき》門を潜れば、中庭のほうから威勢のよい掛け声が聞こえてくる。

「いやっ、たあっ」

玄関の式台《しきだい》へは向かわず、垣根の簀戸《すど》を開けて中庭へ抜ける。

するとは、胴着を着けた卯三郎が猪首《いくび》の真剣を大上段に掲げていた。

一見すればわかる。十人抜きの褒美に練兵館《れんぺいかん》館長の斎藤弥九郎《さいとうやくろう》から貰いうけた秦《はた》光代《みつしろ》の業物《わざもの》であろう。

対峙《たいじ》するのは、白装束の志乃である。

こちらは何と、家宝の薙刀《なぎなた》を握っていた。

「何故、国綱《くにつな》を握っておられるのか」

幅広の白刃が、陽光を乱反射させている。

いったい、どうしたというのだ。

首を捻《ひね》りつつも、しばらくは黙って様子を窺うことにした。

卯三郎が矢背家の居候《いそうろう》になったのは、二年半ほどまえのことだ。もとの姓は卯《う》木《き》、納戸《なんど》払方《はらいかた》を務める家の部屋住みだった。平穏な暮らしぶりにおもわれたが、卯三郎は突然の不幸に見舞われた。父の後継で納戸方になった兄が上役の不正に加担できず、酷《ひど》い苛めを受けて気鬱《きうつ》となり、母を刺して自害したのだ。父は兄の仇を討たんと欲し、上役に刃向かったものの、無残にも返り討ちにあった。即刻、卯木家は改易《かいえき》とされ、天涯孤独の卯三郎も死の瀬戸際まで追いつめられたとき、蔵人介が救いの手を差しのべた。

卯三郎は素質にも恵まれていたので、毒味役になるべく修行をかさね、志乃と蔵人介の意向で矢背家を継ぐことになった。実子の鐵太郎を差しおいて跡継ぎになるわけにはいかぬと、当初は願いを拒みつづけたものの、鐵太郎本人と養母の幸恵に背中を強く押された。今では鬼役をみずからに課された天命と受けいれている。

その卯三郎が、肩で大きく息をしていた。

無理もなかろう。竹刀《しない》ではなく、真剣を握っているのだ。

斎藤弥九郎から神道無念《しんとうむねん》流の免状を与えられたほどの腕前でも、真剣を握る恐怖を容易に消し去ることはできまい。

対する志乃は微動もせず、涼しい顔で薙刀を握り、卯三郎の顔を睨《ね》めつけている。

その眼光に射抜かれたら、本物の虎も尻尾を巻いて逃げるだろう。

志乃はひとかどの武芸者であった。

対峙するふたりの様子を、こちらも海内一《かいだいいち》の弓取りと評された幸恵が不安げにみつめている。

蔵人介はたまりかね、庭の片隅から声を掛けた。

「お待ちを。養母上《ははうえ》、何故に国綱を手にしておられる」

問われた志乃は、ふんと鼻を鳴らす。

「卯三郎めが生意気にも、問答を仕掛けてきたのじゃ。『実力の拮抗《きっこう》した者同士が申し合いをやるとする。そのとき、勝負の決め手となるのは刃長ではないか』とな。それを証明するには、真剣でやり合うよりほかになかろう」

「何を仰います。ことばにて諭《さと》せばよいではありませぬか」

「おぬしなら何と諭す。申してみよ」

「されば」

蔵人介はつつっと歩を進め、卯三郎に刀を下げさせた。

そして、薙刀を構えたままの志乃に向きなおる。

「白刃の長短は勝負の決め手にならぬ。長きほうが勝つとはかぎらぬからだ。むしろ、長きほうは慢心によって自滅し易い。刃に心と書いて忍ぶと読むとおり、耐えて忍んださきにしか光明《こうみょう》はみえてこぬ。すべては心の保ちよう次第、心を明鏡止《めいきょうし》水《すい》の境地に導けば刀を手にせずとも勝つことはできる」

「言うたな。されば、徒手空拳《としゅくうけん》でわらわに掛かってこぬか」

「お戯《たわむ》れを」

「戯れではない。はりゃ……っ」

志乃は腹の底から気合いを発し、薙刀の切っ先を右八相《はっそう》に振りあげる。

間髪《かんはつ》を容《い》れず、滑るように面前へ迫るや、袈裟《けさ》懸けに打ちおろしてきた。

蔵人介は瞬きもせず、躱《かわ》しもしない。

打ちおろされた刃の切っ先は、鼻面一寸先で止まっていた。

「見事じゃ」

志乃は後退《あとじさ》りし、すっと薙刀を引っこめる。

「さすがの胆力よの。橘さまが買っておられただけのことはある」

なるほど、橘の名を聞いて合点《がてん》した。

表情には出さぬものの、やはり、志乃は橘の死を引きずっているのだ。

ふたりのつきあいは古く、橘は若い時分に志乃に恋情を抱いていた。

本人から告白されたはなしゆえ、紛《まご》うことなき真実《まこと》なのであろう。

志乃も淡い恋情に勘づいていたからこそ、失ったものの重さをひしひしと感じているのだ。

「楽隠居なされたらよかったものを。意地を張って、何もあのような死に様を晒《さら》されることはなかったに」

「養母上、お気持ちはわかります。何せ、橘さまを介錯《かいしやく》したのは、それがしにござりますからな。されど、卯三郎を巻きこんではなりませぬぞ」

「わかっております。わかっておりますが、何もしてやれなんだおのれが情けのうて」

志乃の目に涙が光った。

卯三郎は一礼し、簀戸の向こうへ消えてしまう。

幸恵も奥へ引っこむと、志乃は蔵人介を仏間へ誘った。

しばらく待っていると、着替えた志乃がやってくる。

仏壇に線香をあげ、おもむろに向きなおった。

「何ぞ、おはなしでもおありか」

「おわかりでしたか」

「顔にそう書いてある」

蔵人介は渋い顔でうなずき、神妙な調子で喋りはじめる。

「じつは、席書のことをお聞きしたいのですが」

「席書とな」

「昨秋、お連れいただいたことがござります」

「あれはたしか、銀杏屋《いちょうや》幸介《こうすけ》なる骨董《こっとう》商の主催した席であったな。武家《ぶけ》御《ご》伝奏《てんそう》の徳《とく》大寺《だいじ》実堅《さねかた》さまからお誘いいただき、おぬしともども浅草《あさくさ》の料理茶屋へ足を運んだ。

気乗りせなんだが、徳大寺さまは若い時分に茶の湯でお世話になったお方ゆえ、無《む》下《げ》にもできなんだのです」

武家伝奏は幕府と朝廷の架け橋になる役目で、学識のある弁舌巧みな大納言《だいなごん》級の公卿《くぎょう》が任じられる。就任の際には京都所司代《きょうとしょしだい》より幕府に忠義を誓う血判を求められ、帝《みかど》の勅使《ちょくし》として年始にはかならず江戸へ下向《げこう》した。下向の際に寝泊まりするところが辰《たつ》ノ口《くち》の伝奏屋敷で、敷地内には留守居《るすい》の詰める拝領屋敷も与えられていた。

武家伝奏と懇意であること自体、通常では考えられないことだが、志乃ならばあり得ぬことでもない。ともあれ、一年の大半を京で過ごす徳大寺実堅が参じられなかったこともあり、蔵人介は席書に招待された経緯《いきさつ》を失念していた。

ただし、志乃が銀杏屋から言葉巧みに導かれ、書を一枚買わされたことはおぼえている。

「買わされたのではない。気に入って求めたのですよ」

求めたのは『源氏物語』の「末摘花《すえつむはな》」にある「もろともに大内山《おおうちやま》は出《い》でつれど、入る方みせぬ十六夜の月」という歌であった。内裏《だいり》からいっしょに出たにもかかわらず、源氏は行方をくらましてしまった。恋敵の頭中将《とうのちゅうじょう》が源氏を十六夜の月に喩《たと》え、恨みを込めて詠んだ贈歌である。

「若い時分に親しんだ歌を、壺井師古《つぼいもろひさ》なる御仁《ごじん》が即興で紙に書かれたのです」

おもいだした。

壺井なる人物の横顔こそが、刺客の横顔と重なったのだ。

「怪我でもしておられたのか、壺井どのは左手を動かすことができず、右手だけでさらさらと書きあげなされた。わたくしはどうしてもその一枚が欲しくなり、一両しか出せぬと正直に申しあげたところ、壺井どのは徳大寺家にはひとかたならぬ恩を感じているのでかまわぬと仰せになった。そのとき、銀杏屋に耳打ちされました。桁《けた》がひとつちがうと」

「壺井どのとは、どのような素姓の御仁なのですか」

「浪人であったやに記憶しておりますが、詳しい素姓は存じあげませぬ。それこそ、徳大寺家の大天狗《おおてんぐ》にでも聞けばわかりましょう」

「徳大寺家の大天狗でござりますか」

「丸田川春満《まるたがわあずまろ》どのじゃ」

一介の伽衆《とぎしゅう》でありながら、押しだしの強さと舌鋒《ぜっぽう》の鋭さを重宝がられ、徳大寺家の留守居を任されているほどの人物だという。

「わたくしは面識がありませぬ。書家としても知られ、徳大寺家の御右筆《ごゆうひつ》もつとめておいでとか」

「ほう、御右筆を」

「会いたければ辰ノ口の御伝奏屋敷を訪ねるしかあるまい。こちらから使いを出してもかまわぬが、何故、壺井どののことをそれほどお知りになりたいのじゃ」

「いえ別に、さしたる理由もございませぬ」

「何やら歯切れが悪いのう。ふん、まあよい。口切りしたばかりのお茶でも点てて進ぜましょう」

志乃はふわりと立ちあがり、廊下を渡って茶室へ誘う。

最初からそのつもりだったのか、茶室では鶴首《つるくび》の釜が湯気を立てていた。

狭くて薄暗い部屋は侘《わ》び茶に似つかわしい又隠《ゆういん》造りで、床柱の花入れには薄紅色の山茶花《さざんか》が生けてあり、床の間の軸には歌が書かれている。

「あっ」

「さよう、一両で求めた歌ですよ。もろともに大内山は出でつれど、入る方みせぬ十六夜の月」

志乃は紫式部《むらさきしきぶ》の綴った贈歌を詠みながら、点前《てまえ》畳に膝をたたむ。

茶釜の蓋を取り、茶柄杓《びしゃく》で器用に湯を掬《すく》い、茶杓の櫂《かい》先に抹茶を盛った。そして、温めた楽茶碗《らくぢゃわん》に湯を注ぎ、茶筅《ちゃせん》を巧みに振りながら、さくさくと点てはじめる。

いつもながら、所作《しょさ》に一分の隙もない。

蔵人介の膝前へ、すっと楽茶碗が置かれた。

添えられた菓子は干菓子ではなく、蒸し羊羹である。

「弟子からのお裾分けです」

「蒸し羊羹とはまた、めずらしゅうござりますな」

「茶菓子にはそぐわぬ。されど、ほかに菓子もない」

「贅沢を戒める触れのせいでしょうか」

「ふん、水野さまも困ったおひとよ。金沢丹波《かなざわたんば》の蒸し羊羹ならよいが、大久保主水《おおくぼもんと》の煉《ね》り羊羹はいかぬという。何がよくて何がいかぬのか、贅沢の尺度がようわかりませぬ」

「仰せのとおり」

「色のある浮世絵はいかぬと言い、色のない書には目もくれぬ。わたくしに言わせれば公儀の目は節穴です。書ほど贅沢で値の張る嗜みもなかろうに」

「いかにも」

蔵人介は楽茶碗を手に取り、苦い茶をひと口に呑みほす。

蒸し羊羹を摘んで口に入れ、軸に貼られた和歌を一瞥《いちべつ》した。

「気に入ったようですね。後鳥羽天皇と同じ法性寺《ほっしょうじ》流の筆法です。流麗というより、むしろ剛直さを感じさせます。よく練られた線は稚拙《ちせつ》にみえて、そのじつ力感に溢れ、遒勁《しゅうけい》と言うにふさわしい。書をみる眼力にさほどの自信はないが、どうしても欲しいと素直におもったのですよ」

志乃は微笑み、二杯目の茶を点てはじめる。

「そう言えば、あの日、壺井どのの書かれたほかの書に三十両の値をつけた商人があったとか」

「ほう」

「されど、三十両などまだまだ甘い。先月催された席書では三夕《さんせき》の歌を題材にした能書競《くら》べがおこなわれ、丸田川の大天狗が書いた寂蓮《じゃくれん》法師の歌に百両もの値がついたそうです」

「紙一枚に百両でござりますか」

「驚くのはまだ早い。上には上がいるもので、大天狗の寂蓮は三席でした」

二席は祥寛《しょうかん》なる天台宗《てんだいしゅう》の僧侶が書いた西行《さいぎょう》法師の歌で百五十両、そして、定家の歌を書いた一席の書には二百両を超える値がついたという。

「みわたせば花も紅葉《もみじ》もなかりけり、浦の苫屋《とまや》の秋の夕暮れ……ふふ、定家どのも草葉の陰できっと驚かれておられよう」

楽しげに喋る志乃に向かって、蔵人介は呆れ顔で首をかしげた。

「一席に選ばれたのは、どのようなお方なのですか」

「彦坂某とか申す公方さまの奥御右筆組頭だとか」

「えっ」

飛びださんばかりに眸子を瞠《みは》ると、志乃が顔を覗きこんでくる。

「お知りあいか」

「い、いえ、耳にしたことのある名だったもので」

十六夜に首を飛ばされた男のはなしをすれば、そこで何をしていたのかと勘ぐられよう。密命のことを追及されるかもしれず、言い逃れる術《すべ》もないようにおもわれたので、蔵人介は黙るしかなかった。

「茶を呑んでお茶を濁すつもりじゃな」

志乃はめずらしく駄洒落《だじゃれ》を吐き、どうだと言わんばかりに胸を張る。

蔵人介は苦笑しながらも、徳大寺家の大天狗とやらに会ってみようとおもっていた。

五

数日後、蔵人介は辰ノ口の伝奏屋敷へ足を運んだ。

志乃に使いを出してもらったので門前払いはされずに済んだが、案内してくれる者とてなく、広い敷地内をしばらく彷徨《うろつ》かねばならなかった。それでも、どうにか徳大寺家の拝領屋敷を探しあて、丁寧に拭き浄められた式台まで進むと、表口に若い用人が控えていた。

廊下をあがった右手の寒々とした客間へ導かれ、四半刻《しはんとき》（三十分）ほど待たされたであろうか。

騒々しくあらわれた丸田川春満は、雲を衝《つ》くほどの大男だった。

入道《にゅうどう》顔に天狗の鼻をつけたかのごとき風貌をしており、面打ちを嗜む蔵人介にすれば蒐集《しゅうしゅう》したくなる狂言《きょうげん》面のひとつにくわえてもよい。

「南蛮《なんばん》の血が混じっておるのさ」

常日頃から公儀の目も気にせずに堂々とうそぶき、傾奇者《かぶきもの》を気取って傍若無人《ぼうじゃくぶじん》に振るまってみせることもあるという。大名よりも上位の官位を持つ徳大寺実堅から気に入られているかぎり、贅沢で勝手気儘《きまま》な過ごし方をしても罰せられぬと踏んでいるのだ。

ともあれ、会えばすぐにわかる。丸田川春満とは尊大さを絵に描いたような男であった。

「ここは御伝奏屋敷内、言うまでもなく、帝の御使者を遇する神域じゃ。たかだか二百俵取りの毒味役風情が、のこのこ訪ねてこられるところではない。追いかえしてもよいが、そうはせぬ。ふふ、会うてみたくなったのよ。大才は袖すりおうた縁をも生かすというからな」

喩《たと》えに使ったのは、柳生《やぎゅう》家の家訓として知られる柳生宗矩《むねのり》のことばだ。

武芸の嗜みでもあるのだろうかと勘ぐりつつ、蔵人介は畳に平伏《ひれふ》した。

「くふっ、正直に申せば、矢背家の当主と聞いて少しばかり興味を惹《ひ》かれた。茶呑み話をするのも酔狂かとおもうたのさ」

「お会いくださり、かたじけのう存じまする」

さらに深く頭をさげた蔵人介は、だだっ広い客間の下座に控えている。

拝領屋敷の留守居を任された春満は、主人のような面で上座の脇息《きょうそく》にもたれていた。

身に纏う着物は滑らかな光沢を放っている。おそらく、渡来品の羅紗《らしゃ》であろう。太い銀煙管《ぎんギセル》を口に咥《くわ》えて紫煙を吐きだす様子は、戎克《ジャンク》に乗って外洋を荒らす海賊の首魁《しゅかい》を彷彿《ほうふつ》させた。

「矢背志乃さまのお名は存じておる。御屋形《おやかた》さまに侘び茶の神髄を教えてくださったお師匠ゆえな」

床の間には軸が掛かっており、特徴のある太い字で「和敬清寂」と書かれてあった。

「気づいたか。主人と客は心を開いて和し、たがいを敬い、清らかな心でいかなるときも動じずに静寂を守らねばならぬ。和敬清寂こそ、千利休《せんのりきゅう》が唱えた侘び茶の神髄にほかならぬと、御屋形さまはそなたのご母堂から教えていただいた。そして、わしは御屋形さまから侘び茶の四規を書にせよと命じられたのだ」

四規があれば、七則もある。

「茶は服の良きよう点て、炭は湯の沸くように置き、冬は暖に夏は涼しく、花は野の花のように生け、刻限は早めを心掛け、降らずとも雨の備えをし、相客に心せよ。ご母堂は御屋形さまに請われるがままに、先達《せんだつ》の教えを書にしたためられた。繊細で巧みな筆跡であったわ。お会いしたことはないが、なかなかの傑女とお見受けいたす。傑女の認めた継嗣ならば、おぬしも侮《あなど》り難い相手となろう」

わずかの沈黙があり、蔵人介は片眉を吊りあげた。

「それがしは養子ゆえ、養母《はは》の血を受けついではおりませぬ」

「なるほど、そうであったか。ふふ、して、わしに聞きたいこととは」

「はっ、されば、壺井師古どのはご存じでしょうか」

名を出した途端、春満は眸子を細める。

「壺井がどうかしたのか」

「じつは昨秋、養母が席書で壺井どのの書を求めました。たいそう気に入り、ほかの書も拝見したいと申すもので。何処に行けば壺井どのにお会いできるか、丸田川さまにお尋ねすればわかるのではないかと」

「壺井のことはよう知っておる。御屋形さまを通して、あの者を幕臣に推挙したのも、このわしだからな」

「幕臣であられると」

「そうじゃ。昨秋より、紅葉山文庫《もみじやまぶんこ》に詰めておる」

役目は書物《しょもつ》奉行であろうか。

「書物奉行配下の同心《どうしん》じゃ。壺井は優秀な男でな、和学御用のお役目も命じられ、文庫内の禁書を書写したり、目録を吟味《ぎんみ》したりもしておるらしい」

「能書の特技を生かしておいでなのですな」

「燈燭《とうしょく》代だけで年に五十両頂戴できると、先だっても涙を流さんばかりに喜んでおったわ。壺井は書を家業にする持明院《じみょういん》家の血縁でな、京の御所を警邏《けいら》する内舎人《うどねり》をつとめておった。ところがあるとき、禁裏《きんり》に忍びこんだ夜盗と争って左肩を斬られ、内舎人の役目を辞さねばならなくなった。おぬしも知るとおり、身分の低い公卿たちは食うや食わずの暮らしを強いられておる」

壺井も浪々の身となって生活の術《たつき》を失い、京を捨てざるを得なくなった。再起をはかるべく江戸へ出てきて数年ののち、幸運にも春満とめぐりあったのだという。

「あやつめ、席書で小銭を稼いでおったのじゃ。わしは壺井の筆跡に惚れこみ、御屋形さまにお願いして幕臣に推挙してもらった。向学の意欲も旺盛ゆえ、出世はまずまちがいなかろう。書を書いてほしいなら、値の安い今のうちかもしれぬぞ。何なら、わしが口を利いてやってもよい。それなりの口銭《こうせん》を寄こすならな。ふふ、さように渋い顔をするな。戯《ざ》れ言《ごと》に決まっておろう。それより、こっちにも聞きたいことがある。公方さまのお毒味役は、鬼役と呼ばれておるのであろう。されば、洛北の山里に縁深き矢背家には適役と言うべきかもしれぬな」

蔵人介は顔をあげ、鋭い一瞥を投げかける。

「もしや、矢背という姓の由来をご存じなのですか」

「何を隠そう、わしは大原《おおはら》の出でな、三千院《さんぜんいん》の阿弥陀《あみだ》堂前に捨てられておったのじゃ」

応じようもなく困っていると、大天狗は「がはは」と大笑した。

「大原とは隣同士ゆえ、八瀬のことはよう存じておる。天武《てんむ》天皇が矢傷を癒《い》やした釜風呂《かまぶろ》にも入ったし、秋に催される赦免地《しやめんち》踊りに興じたこともある。産土神《うぶすながみ》の天満《てんまん》宮《ぐう》で背競《せくら》べ石の脇にも立ったしな」

のちに天武天皇となる大海人皇子《おおあまのおうじ》が背中に矢傷を負ったのは、一千二百年近くもまえに勃発した壬申《じんしん》の乱でのことだ。爾来《じらい》、比叡山《ひえいざん》の麓《ふもと》にある山里の地名は矢背となり、やがて、八瀬と表記が変わった。

「山を越えて近江《おうみ》に出るか、鯖《さば》街道から若狭《わかさ》へ抜けるか、逃げ道を探りながら潜伏するのに適した地であったのだろう」

八瀬は御所を逐《お》われた皇族が逃げこむさきとして知られるようになった。今から五百年余りまえの延元《えんげん》元年（一三三六）には、後醍醐《ごだいご》天皇が足利尊氏《あしかがたかうじ》に追われて比叡山へ潜幸《せんこう》する際、八瀬衆十三軒が弓矢をもって鳳輿《ほうよ》を護衛したという。

「そのときの功により年貢《ねんぐ》を免除され、十三軒は後醍醐天皇から、出雲《いずも》、近江などの屋号を与えられた。八瀬衆は返礼として、皇族の葬祭や大嘗祭《だいじょうさい》の駕輿丁《かよちょう》をつとめるようになったとか。葵《あおい》祭では御所車を先導し、都に急があれば馳せ参じる。薪炭《しんたん》売りで口を糊《のり》する者たちが秘かに帝の間諜をつとめてきたのだと、信じがたいようなはなしをまことしやかに囁く者もおる」

滔々《とうとう》と繰りだされることばを聞けば、いやが上にも警戒心は募っていく。

こちらの様子などおかまいなしに、春満は喋りつづけた。

「八瀬衆は長きにわたって延暦寺と境界争いをしておったな」

潮目が変わったのは、織田信長の下した裁定であった。のちに延暦寺を焼きはらう信長は八瀬衆の間諜能力を懼《おそ》れ、八瀬郷の特権をみとめる安堵状《あんどじょう》を与えたのだ。さらに、徳川の世になった当初も、後陽成《ごようぜい》天皇は八瀬郷の入会《いりあい》と伐採《ばっさい》に関する特権を旧来どおりにみとめる綸旨《りんじ》を下した。

「にもかかわらず、境界争いは収束をみせなかった。それどころか、延暦寺の公弁《こうべん》法親王《ほっしんのう》が天台座主《ざす》に就くや、鋭い舌鋒と金の力をもって幕府にはたらきかけ、八瀬衆を寺領とされる山から閉めだす旨をみとめさせた」

八瀬の民にしてみれば、裏山の伐採権を奪われることは死を意味する。それゆえ、何度となく特権の復活を願いでたが、幕府は長らく取りあわなかった。

「ようやく決着をみたのが、秋元但馬守喬知さまが老中首座に就いたときじゃ。延暦寺の寺領をほかに移し、旧寺領と村地を禁裏領に付け替えることで八瀬郷の入会権を保護するという見事な裁定を下されたのであろう」

八瀬衆は恩に報いるため、秋元喬知を祭神とする秋元神社を建立《こんりゅう》し、毎年秋になると「赦免地踊り」と呼ぶ踊りを奉納するようになった。

「ふふ、どうじゃ。洛北の鄙《ひな》びた山里のことをここまで知る者は江戸におるまい。されど、わからぬのは、境界争いが決着したすぐあとに首長となる家の女当主が江戸送りになったことだ。女当主は江戸で幕臣となり、婿を迎えて将軍家の毒味役に就いた。山里の窮状を救ってもらうのと交換に、敢えて損な役目を引きうけたのであろう。されど、そのときに引きうけたのは、まことに毒味役であったのか。表に出してはならぬ役目を引きうけさせるべく、幕閣と長老とのあいだで何らかの密約があったのではないのか。わしはな、そんなふうに勘ぐっておるのよ」

蔵人介は黙りつづけるしかない。

まるで、評定所《ひょうじょうしょ》の白洲にでも座っている気分だった。

「矢背家にはおなごしか生まれず、ご母堂は幕臣となった矢背家の四代目にあたるらしいの。おぬしが養子であることなど知っておるわ。調べさせてもろうたのよ。天守番をつとめた御家人の出で、幕臣随一の遣い手なのであろう」

大天狗の目がきらりと光った。

「やはり、裏の役目を帯びておるのか。わしが知りたいのは、おぬしに密命を与える者の正体じゃ」

「裏の役目などござりませぬが」

「ふふ、認めぬのか。さもあろう。かく言うわしも、とある御仁に聞かされるまで、奸臣成敗などという裏の役目があろうとは夢にもおもわなんだわ」

「お待ちを。何か勘違いされておられますな。さような戯れ言を吹きこんだは、何《ど》処《こ》の誰でござりますか」

「空下《からお》りなる技の遣い手じゃ」

じっと睨《ね》めつけられても、蔵人介は表情を変えない。

だが、心中はさざ波だっていた。

――無拍子《むびょうし》流、空下り。

奥義《おうぎ》の遣い手は蔵人介の知るかぎり、ひとりしかいない。

――痩《や》せ男。

正体不明の刺客のことを、大天狗は何処まで知っているのか。

「くふふ、じつを申せば顔もわからぬ。知っておるのは、暗闇から囁かれた怪しげな声だけじゃ。敵か味方かもわからぬが、御屋形さまに恩を売るべく近づいてまいった。そして、はなしのついでに鬼役のことを教えてくれた。はっきり申しておったぞ。矢背家の当主は人斬りの密命を帯びておるとな」

春満はわざと黙り、血走った眸子でこちらの様子を窺う。

「ふん、表情には出さぬか。されど、心中は動揺しておろう。あやつはおぬしとも刀を交えたことがあると言うたぞ。何やら、矢背家に恨みを持っておるようであったが、さようなことはどうでもよい。わしが興味を惹かれたのは、公方さまの御側近くに人斬りの密命を帯びた者が控えておるということじゃ。おぬしをこの屋敷に招いたのも、人斬りの顔を拝んでみたかったからよ。ふふ、さあ、どうする、わしを斬るか。知られてはならぬことを知られた以上、口を封じねばなるまい。それとも、わしと手を組むか。味方につけておけば重宝な男ぞ」

斬ってもよいとおもった。

橘右近が生きておれば、そうしたかもしれない。

密命を知られた以上、生かしておくわけにはいかぬからだ。

だが、今は密命を下す者とておらず、宙ぶらりんなままでいる。

斬るべき相手を斬る理由がみつけられなかった。

いずれにしろ、藪蛇《やぶへび》というしかなかろう。

得体の知れぬ「大天狗」と関わったことを、蔵人介は後悔していた。

六

眠りの浅い朝方などに、よく「痩せ男」の夢をみる。

頰《こ》の痩けた土気色の顔、痩せ男とは『善知鳥《うとう》』や『阿漕《あこぎ》』などの演目でシテが着ける能面の呼び名でもあった。

殺生戒《せっしょうかい》を破った業《ごう》深き罪人は三途《さんず》の河原に蹲《うずくま》り、おのが身が地獄の業火《ごうか》に焼かれるさまを描いては恐れおののき、黄泉路《よみじ》の途上で飽くなき生への執着を捨てられずに、彼岸と此岸《しがん》の狭間を彷徨《さまよ》いながら恨みを持つ者に禍《わざわい》をもたらす。

「どうどうたらりたらりら、たらりあがりららりどう、ちりやたらりたらりら、たらりあがりららりどう……」

闇の底から怪しげな寿詞《よごと》が聞こえてくると、半年前に負わされた傷の疼《うず》きが甦ってきた。

痩せ男は腰帯に、蔵人介と同じ長柄刀を佩《は》いていた。

柄の内には八寸の刃が仕込んであったのやもしれぬ。

能役者のごとき滑らかな動きで宙に舞い、舞いの途中で片足をわざと踏み外してみせたのだ。空下りと呼ぶ無拍子流の奥義とも知らず、予期せぬ動きに惑わされ、瞬時に脇胴を抜かれてしまった。

蔵人介のみならず、志乃までが命を狙われた。

何故、矢背家にまとわりつくのか問うても、痩せ男は正体を明かそうとしなかった。ただ、志乃に深い恨みを持ち、洛北の八瀬と浅からぬ因縁で結ばれていることだけは匂わせた。

公人朝夕人の伝右衛門によれば、金座《きんざ》の後藤三右衛門《ごとうさんえもん》に雇われた刺客かもしれぬというが、今のところ確証はない。

琵琶《びわ》湖の比良《ひら》山地に棲む「能面居士《のうめんこじ》」かもしれぬと囁いたのは、下男の吾助《ごすけ》だった。

好々爺《こうこうや》にしかみえぬが、吾助は並みの男とはちがう。体術に優れ、武術をもきわめた八瀬の男だ。その吾助も志乃の身を守って胸をざっくり斬られ、死の淵へ追いこまれた。どうにか一命を取りとめ、幼いころに祖母から聞いたという奇妙な言い伝えを口にしたのだ。

面が顔から離れなくなった修行僧のはなしである。何者かの怨念が面に憑依《ひょうい》し、修行僧は夜な夜な洛中にあらわれては人を食うようになった。やがて、この世とあの世を行き来する化け物になり、都の人々に「能面居士」と呼ばれて恐れられたという。

時折、夢のなかに顔のない僧侶があらわれる。おそらく、吾助の言った「能面居士」と「痩せ男」の印象が重なっているのであろう。

さいわい、今朝は夢をみなかった。

が、妙な胸騒ぎにとらわれている。

ひょっとしたら、悪夢のつづきをみせられるのではないか。

嫌な予感が当たったのは、いつもどおりに城へ出仕し、中奥の笹之間で昼餉の毒味を済ませたあとだった。

相番の「鍋」こと逸見鍋五郎が、眉を顰《ひそ》めながら告げたのだ。

「今朝ほど、陰惨な噂を小耳に挟みました。小石川《こいしかわ》の牛天神《うしてんじん》で袈裟を着た首無し死骸がみつかったそうです」

「袈裟を着た首無し死体だと」

「僧侶にござるよ」

首無し死骸は境内《けいだい》に置かれた撫《な》で牛のうえで俯《うつぶ》せになり、牛の角を摑むような恰好で死んでいたらしい。

「罰当たりにもほどがござります。真っ赤に塗れた撫で牛は、まるで生きているかのようであったとか。天神様の祟《たた》りに相違ないと、巷間ではもっぱらの噂で」

「首はみつかったのか」

「ええ、みつかりました。じつを申せば、それがしも知らぬ相手ではござりませぬ」

「と、言うと」

「祥寛と申す天台宗の僧にござります。先だって、席書のはなしをしましたな。祥寛和尚は能書家としても知られ、席書にもちょくちょく顔をみせておられたゆえ、それがしも顔と筆跡だけは存じておりました」

大権現家康公の月命日に寛永寺《かんえいじ》へ参じ、読経《どきょう》を許されたこともある僧侶らしい。

――祥寛。

と聞いて、蔵人介は志乃のはなしを頭に浮かべていた。

先月の席書で、三人の能書家による筆競べが催された。藤原定家、西行法師、寂蓮法師の三人が詠んだ三夕の歌を即興で書にし、実力を競いあうというものだ。

祥寛の書いた「心なき身にもあはれは知られけり、鴫《しぎ》立つ沢の秋の夕暮れ」という西行の歌は二席になった。三席は「寂しさはその色としもなかりけり、まき立つ山の秋の夕暮れ」という寂蓮の歌を選んだ丸田川春満の書、そして、栄《は》えある一席になったのは「みわたせば花も紅葉もなかりけり、浦の苫屋の秋の夕暮れ」という定家の歌を選んだ彦坂織部の書である。

一席になった彦坂は『万水楼』の馬繋場で首を失い、二席の祥寛も牛天神で首無し死骸になった。

これが偶然であるはずはない。

「先月、江戸随一の能書家を決める筆競べがござりましてな、祥寛和尚は二席にはいったのでござるよ」

逸見は膝を躙《にじ》りよせ、志乃と同じはなしをしはじめる。

「一席は奥右筆組頭の彦坂織部さま。されど、彦坂さまはこの世におられませぬ。

病でお亡くなりになったと聞きましたが、中奥の一部では何者かに斬られたのではないかと囁かれております。しかも、祥寛和尚と同様、首を失っていたとの噂もござる」

小太りの相番は面《おもて》を紅潮させ、興奮気味にまくし立てた。

「それがしがおもうに、ふたつの殺しは同じ下手人の仕業にまちがいござらぬ。江戸随一の能書家という肩書きを得たいと、さように願う者の企てかもしれませぬ」

逸見の筋読みにしたがえば、怪しいのは三席に甘んじた丸田川春満となる。春満に命じられ、壺井師古が手を汚したのだ。

いや、そうやって決めつけるのは早計であろう。

真実か否かは、壺井に会ってたしかめるしかない。

城中の者たちが昼餉を済ませた頃合いをみはからって、蔵人介は控えの間をそっと抜けだした。

めざすさきは、西ノ丸の北に広がる紅葉山である。

本丸からいったん外に出て百人番所《ひゃくにんばんしょ》まで戻り、南寄りの寺沢《てらさわ》御門から抜けてさらに進み、蓮池《はすいけ》御門を通りぬけていかねばならない。

蔵人介は門番に誰何《すいか》されることもなく、何食わぬ顔でふたつの御門を通りぬけた。

あまりに堂々とした物腰なので、紅葉山の役人だとおもってくれたにちがいない。碧《みどり》色の蓮池濠を右手に眺めながら歩いていくと、全山燃えるような紅葉に彩られた聖域が左手にあらわれた。

息を呑むほどの絶景に眸子を細めつつ、敷地内へ歩を進めていく。

さっそく、右手に権現造りの霊廟《れいびょう》がみえてきた。

左手が六代将軍家宣《いえのぶ》の御霊《みたま》を祀《まつ》った文昭院《ぶんしょういん》霊廟、右手に五代将軍綱吉《つなよし》の常憲院《じょうけんいん》霊廟、四代将軍家綱《いえつな》の厳有院《げんゆういん》霊廟、三代将軍家光《いえみつ》の大猷院《だいゆういん》霊廟とつづき、一町《ちょう》ほど隔てた奥には二代将軍秀忠《ひでただ》の御霊を祀った台徳院《だいとくいん》霊廟が佇んでいた。

各々の霊廟は前面の拝殿と後方の本殿からなり、双方は相之間《あいのま》で繋がっている。

肝心の東照《とうしょう》大権現家康《いえやす》の御霊屋《みたまや》だけは、台徳院霊廟の手前を右に曲がったさきの高みに築かれてあった。

蔵人介は三つの霊廟を過ぎたところで右手に曲がり、緩《ゆる》やかな参道を上っていった。

左右には紅葉の衣が幾重にも層をなし、時折、鳥の鳴き声も聞こえてくる。

銅瓦塀に囲まれた参道は緩やかに上っており、途中には四阿《あずまや》が佇んでいた。

四阿の手前を右手に折れて坂道を下ると、細長い蔵が何棟か並んでいる。

手前の三棟と奥の左端一棟が書物蔵、ほかは具足《ぐそく》蔵や鉄炮蔵であろう。

さっそく書物蔵に踏みこみ、紙の匂いを嗅いだ。

文政《ぶんせい》十一年（一八二八）に豊後佐伯藩《ぶんごさえき》の毛利《もうり》家から二万冊もの蔵書が寄贈され、それを機に御書物蔵は四棟に増設された。全体では十万冊を超える蔵書があり、そのうちの七割は漢籍《かんせき》だという。

書物奉行は各々の棟にひとりずつ配され、四人から五人の同心を配下に抱えている。役料は御膳奉行と同じ二百俵にすぎぬが、役目は広範囲におよび、文庫の貸借や管理のみならず、蔵書の鑑定や蒐集、目録の編纂《へんさん》などもおこなわねばならない。晩夏から秋にかけておこなわれる虫干しは、城内の風物詩ともなっていた。塗師や蒔絵《まきえ》師まで配下に置く理由は、蔵書のみならず工芸品の補修管理もおこなっているからだ。

御蔵内は静寂に包まれ、しわぶきひとつ躊躇われるほどであった。

蔵人介は気配を殺しているので、声を掛けてくる者とていない。

壺井をみつけたのは、三棟目の御蔵に踏みこんだときだった。

壺井自身が蔵人介に気づき、跫音も起《た》てずに身を寄せてきた。

「何かお探しでしょうか」

柔和《にゅうわ》な対応に戸惑いつつも、蔵人介は考えていた嘘を口にする。

「それがし、本丸御膳奉行の矢背蔵人介なるもの。上様が足利将軍家の月次における夕餉の献立をお知りになりたいとのおはなしを小耳に挟み、ちと先廻りして調べることはできぬものかと、こちらへまかりこした次第にござる」

「お役目ご熱心なことにござります。さっそく、上の者を呼んでまいりましょう」

「いや、それにはおよばぬ」

「と、仰ると」

「書物のことはどうでもよい。じつは、おぬしを捜しておった」

「えっ、それがしを。何故にござりましょうか」

壺井は頬《こわ》を強ばらせ、警戒顔になる。

蔵人介は、ふっと笑みを漏らした。

「そうやって身構えなさるな。昨秋、それがしの養母が席書にて貴殿から書を一枚買わせていただいた。お忘れとおもうが、十六夜の月を詠んだ歌を書にしたものだ」

「もろともに大内山は出でつれど、入る方みせぬ十六夜の月……『源氏物語』の『末摘花』にある歌でござりますな、おぼえておりますよ」

「ありがたい。養母はその書を軸にして茶室に飾ってござる」

「そこまでたいせつにしてくださるとは、こちらのほうこそ御礼を申しあげねばなりませぬ」

「じつは、我が儘《まま》な養母が短冊を新たに所望してな。伝手《つて》をたどって、おぬしのもとへやってきたというわけでござる」

こちらの心情が伝わったのか、壺井はうなずいてみせる。

「なるほど、さようなご事情で。それにしても、ずいぶん大胆なことをなされますな。書物をお探しでないことがあきらかになれば、御役御免どころか切腹も免れませぬぞ」

「養母の望みを叶《かな》えたい一心でまいった。この気持ちを汲《く》んでいただけまいか」

壺井は童子のごとく、にっこり微笑む。

「かしこまりました。されば、それがしのほうから書をお届けにまいります」

「よいのか」

「はい。御屋敷はどちらで」

「市ヶ谷の御納戸町だ。浄瑠璃坂を上ったさきにある」

「かしこまりました。されば、書はどのような」

「歌がよい」

「ご希望などはおありでしょうか」

「みわたせば花も紅葉もなかりけり、浦の苫屋の秋の夕暮れ」

「定家にございますな」

壺井の眸子が、わずかに曇る。

その微妙な変化を、蔵人介は見逃さなかった。

七

暦は霜月《しもつき》に替わった。

芝居正月にもかかわらず、焼失した芝居町界隈に小屋の立つ様子はなく、芝居好きな江戸庶民は淋しいおもいを余儀なくされている。

八つ（午後二時）を過ぎたころ、非番の蔵人介は浅草の花川戸町《はなかわどちょう》にある『平木屋《ひらきや》』へ向かった。

馬繋場の備わる料理茶屋の二階大広間を貸切にして、銀杏屋幸介主催の席書が催されるからだ。

志乃は茶会があって来られず、従者の串部ひとりを連れて茶屋を訪れたが、表口は客たちでごった返しており、受けつけの番頭に招待客の証拠《あかし》がないと通さぬと拒まれてしまった。

通す通さぬの押し問答をしてるところへ、つくねのような丸顔が差しだされた。

「矢背さま、お越しくだされたのですね。どうぞ、こちらへ」

救いの手を差しのべたのは、相番の逸見鍋五郎である。今日の席書は十日前に逸見から教えられたものだった。じつは昨日もしつこく誘ってきたので参じるかどうか迷ったのだが、足を運んでみると催しの規模は予想以上に大きなもので、招かれた客も金持ち然とした商人や高価な着物を纏った侍たちで占められている。

しかも、大階段から二階へあがってみると、ほかの者より首ひとつ大きな人物が我が物顔に歩いていた。

「あのお方が丸田川春満さまにござります」

逸見が耳許で囁いた。

鬱陶しいと感じながらも、蔵人介はうなずく。

すでに、席書は始まっていた。

畳のうえには細長い文机《ふづくえ》が何台も並べられ、紙と筆が置かれている。

書き手と買い手が錯綜《さくそう》し、何がどうなっているのかよくわからない。

腰を据えてじっくり眺めると、能書家と呼ばれる人物たちの周囲に客が集まり、仕切り役と何事かを囁きあっていた。

「買値ですよ。人気のある書は競《せ》りになります」

逸見が興奮の面持ちで喋りかけてくる。

耳を澄ませば、けっこうな金額が飛びかっていた。

即興で書かれた書に「二十両、三十両」と値がつけられていくのは、やはり、どう考えてもおかしい。

「ついていけませぬな」

串部が渋い顔でこぼす。

逸見はそばを離れ、部屋のまんなかにできた人垣のほうへ進んでいった。

「さあ、みなさまお集まりを。恒例の筆競べにござります」

その場を仕切る商人の顔を見定め、蔵人介はおやとおもった。

永代寺門前仲町にある『万水楼』の馬繋場で腰を抜かした商人だ。

「あれが銀杏屋幸介か」

そう言えば、志乃と参じた昨秋の席書も仕切っていた。

もしかしたら、能書家殺しの鍵を握る男なのかもしれない。

逸見と串部が人垣を掻き分けた。

前面へ躍りでると、細長い文机のまえに五人の人物が座っている。

そのうちのひとりだけは、立っているほどの座高だった。

大天狗こと、丸田川春満にほかならない。

どうやら、五人のうちの大本命と目されているようで、客たちの眼差しを一身に集めている。

「お題は霜月に因《ちな》んで『初雪』といたしましょう。楷書《かいしょ》でも行書《ぎょうしょ》でも、はたまた隷書《れいしょ》でも、筆跡流派は問いませぬ。本日の一席、床の間にお飾りいただける秀逸な一枚をお求めくださりませ」

筆自慢の五人が呼吸を整え、沈思黙考《ちんしもっこう》の体《てい》で瞑目《めいもく》しはじめた。

周囲は水を打ったように静まり、空気がぴんと張りつめる。

まるで、武術の申し合いのようだなと、蔵人介はおもった。

ひとりがおもむろに筆を取り、墨をふくませて書きだす。

ふたり目、三人目とつづいたが、春満は筆を取らない。

眸子《まなこ》を瞑《つむ》ったまま、じっとしている。

後ろ姿は奔流を堰《せ》きとめる巌《いわお》のようだ。

四人目が筆を走らせ、さらさらと書きはじめる。

刹那、春満は豁然《かつぜん》と眸子を瞠り、筆を手に取った。

そして、薄墨をふくませるや、ひと息に書きあげる。

草書による「初雪」であった。

「春満どのに五十両」

唐突に、客のあいだから声があがった。

つられたように、左右から買値が飛びかう。

「春満どのに七十両」

「いや、百両じゃ」

客たちの口から小判が飛びだすようなありさまで、大広間を包んだ歓声が地響きとなって伝わりはじめる。

買値は鰻《うなぎ》登りに上がり、ついに三百両を超えた。

「決まりました。一席は丸田川春満さま、落札なされたのは呉服を商う出羽《でわ》屋牛次《うしじ》郎《ろう》さまであられます。めでたく落札いただだいたことに感謝を込めまして、恒例の一本締めをさせていただきまする。ささ、各々方、お手を拝借、いよう」

手締めののちは広間じゅうが笑い声で満たされ、蔵人介は耳をふさぎながら喧噪《けんそう》を逃れた。

それにしても気になるのは、書を高値で落札した人物のことだ。

客たちのはなしでは、米沢《よねざわ》藩上杉《うえすぎ》家十五万石の御用達で、藩主の上杉弾正大弼《だんじようだいひつ》から命じられて参じたという。贅沢禁止令が布達されているなか、幕府のしかるべき筋に知られたら困ったことになるのではないかと、蔵人介は他人事ながら案じざるを得ない。

催しは終わり、客たちは三々五々帰路につきはじめた。

いつの間にか時は経ち、杏色の夕陽は西の空に大きくかたむいている。

相番の逸見を避けるように外へ出ると、後ろから低声で呼びとめられた。

「鬼役どの、お待ちを」

振りむけば、丈七尺はある大天狗が立っている。

「ちと、御伝奏屋敷までつきあってくださらぬか」

先日とは打って変わって、ずいぶん殊勝《しゆしよう》な態度だ。

首をかしげると、従者ひとりに先導させて勝手に歩きはじめる。

串部と顔を見合わせて溜息を吐き、仕方なく背中にしたがった。

春満が振りむき、不敵な笑みを漏らす。

「じつは警固《けいご》を頼みたい。懐中に山吹《やまぶき》色を抱えておるものでな」

「それはかまいませぬが、それがしのことがよくわかりましたな」

「ふふ、殺気を放っておったゆえ、造作《ぞうさ》も無くみつけたわ。おぬしが来るであろうことも予想しておったしな」

「何故にでございますか」

「先だって、席書のことを尋ねておったであろう。それゆえ、逸見某とか抜かす鬼役に手をまわし、おぬしを席書に参じさせるように仕向けたのじゃ。書を一枚書いてやったら、あやつめ、理由も聞かず言うとおりにしおったわ」

昨日しつこく誘われた理由が判明した。

「何故、さようなまわりくどいことを」

「申したであろう。身を守るためさ」

「誰かに命を狙われるおぼえでもござるのか」

「奥右筆組頭の彦坂織部どのが斬られ、祥寛和尚も酷い死に様を晒した。つぎに狙われるのは、わしかもしれぬではないか」

後ろの串部が舌打ちをする。

ふたりを斬らせた張本人のくせに、よくぞふてぶてしいことを抜かすものだとでも言いたいのだろう。

ともあれ、帰路でもある蔵前《くらまえ》大路をまっすぐに歩きつづけた。

異変が勃《お》こったのは、神田《かんだ》川に架かる浅草橋を渡りかけたときだ。

夕陽の溶けた川面は真紅《しんく》に染まり、すぐさま、橋の周囲は夕闇に包まれていった。

逢魔刻《おうまがとき》と呼ばれる時の狭間を狙ったかのように、辻強盗とおぼしき浪人どもが前面に立ちふさがったのだ。

「ほうら、お出ましになった。鬼役どの、頼んだぞ」

後退《あとじさ》る春満から背中を押され、仕方なく一歩踏みだす。

殺気を帯びた浪人は五人、ひとりが疳高《かんだか》い声をあげた。

「用心棒か、死にたくなかったら去《い》ね」

かたわらの串部がせせら笑う。

「ふん、下郎《げろう》め。そいつはこっちの台詞だ」

言うが早いか腰の同田貫を抜きはなち、橋の片隅へ走る。

「へやっ」

掛け声もろとも両刃の刀を真横に振るや、欄干の擬宝珠《ぎぼし》が吹っ飛んだ。

弧を描いて川に落ちる擬宝珠が、ちょうど人の首にみえる。

それでも浪人どもは意に介さず、抜刀しながら迫ってきた。

いずれも腕におぼえがありそうだ。

「餓えた野良犬どもめ」

飛びだそうとする串部を、蔵人介は制した。

「わしがまいろう」

「えっ、わざわざ殿がお手を下さずとも」

「よいのだ、みておれ」

「はあ」

不満げな串部を尻目に、蔵人介はのっそり歩みだす。

が、腰の鳴狐を抜こうとはしない。

「居合か」

相手のひとりがつぶやき、青眼《せいがん》の構えから右八相《はっそう》に持ちかえる。

「ふん」

やにわに、斬りつけてきた。

——ずばっ。

きれいな袈裟懸けが決まったかにみえたが、倒れたのは浪人のほうだ。
蔵人介は刀を抜いていない。
鞘ごと引きあげた刀の柄頭《つかがしら》で、相手の顎を砕いていた。
「小癪《こしやく》な」
左右から同時に掛かってきたふたりも、相次いで倒れる。
蔵人介は瞬時に刀を抜き、ふたりの脇腹を浅く斬っていた。
傷を負った連中が腹を押さえて逃げだすと、残ったふたりも尻をみせる。
四人が橋向こうへ逃げ、顎を砕いたひとりだけが置き去りにされた。
「ぬはは、さすが矢背蔵人介、見込んだとおりの腕前じゃ」
春満は呵々《かか》と嗤《わら》いあげ、橋に転がった浪人の腹を踏みつける。
「ぐえっ」
浪人は潰れ蛙のように呻《うめ》き、口から血泡を吹いた。
辻強盗を撃退したにもかかわらず、気分は冴えない。
最初から仕組まれていたような気もする。
かりにそうであったなら、仕組んだ理由を質《ただ》さねばなるまい。
睨《にら》みつけてやると、大天狗は巧みに目を逸《そ》らし、小唄を口ずさみながら意気揚々と橋を渡っていった。

八

翌二日は初子《はつね》、商家では大豆や二股大根を大黒天《だいこくてん》に捧げ、商売繁盛を祈願する。席書で丸田川春満の書を競りおとした呉服商が気になり、串部に調べさせてみると、上杉家に出入りする御用達で出羽屋牛次郎なる者はおらぬという。

「幽霊にござります。ならば、三百両を超える書の代金は、いったい誰が払ったのでござりましょう」

串部ともども首をかしげざるを得ないものの、大天狗と呼ばれる春満はあきらかにほくほく顔で報酬を得ていた。能書では上席のふたりがこの世から消え、恩恵を受けたようにもみえるが、殺しを仕組んだという証拠はない。

「されど、奥右筆組頭の彦坂織部を亡き者にしたのは、大天狗と関わりのある壺井師古にまちがいない。となれば、新参者の鍋どのも申すとおり、大天狗の命で奥右筆組頭を斬ったと考えるのが筋かもしれませぬぞ」

蔵人介は、素直に納得できない。

たまたま、十六夜の月のもとで葬るべき相手が重なったということなのだろうか。かりに偶然ではなく、壺井にも同じ人物から同じ密命が与えられていたとすれば、どうであろう。

そこには、刺客となる者を競わせようとする意図が見え隠れしている。よいほうに解釈すれば、黒幕と呼ぶべき人物はみずからの手足となって密命を果たすべき者を決めかねているのかもしれない。

「殿、どういうことにござりましょう」

「信用されておらぬということさ」

蔵人介も壺井も、力量や忠心を試されているのだ。密命を与える側に立ってみれば、慎重になるのもわからぬではない。刺客は両刃《もろは》の剣と同じだ。使い方をまちがえれば、自分に刃が向かう恐れもある。それゆえ、橘に後顧《こうこ》を託された人物だとしても、蔵人介を頭から信用できぬのだ。ともあれ、すべては憶測の域を出ないはなしであった。

黒幕の正体もふくめて、何ひとつはっきりとしたことはわかっていない。

「それにしても、伝右衛門はどうしたのでござりましょう。以前ならば、困ったときにはかならず顔をみせるのに」

伝右衛門の行方はあいかわらず杳《よう》として知れず、安否すらも案じられる。

蔵人介は焦燥《しょうそう》を抱えたまま、串部とともに京橋《きょうばし》までやってきた。

三十間堀《さんじっけんぼり》へ向かう途中に、骨董商の銀杏屋が店を構えている。

席書を仕切る商人ならば、何か知っているかもしれぬとおもったのだ。

「それがしの見立てによれば、大天狗と骨董商は裏でしっかり通じておりますぞ。この際、露地裏へ連れだして締めあげてでも、知っていることをすべて吐かせてやりましょう」

串部は鼻息も荒く言い、物陰で身構えた。

すでに、日没は近い。

三十間堀は夕陽を映し、きらきら輝いていた。

文政のころに川幅は三十間から十九間に狭められたが、それでも充分に船入ができるだけの幅はある。

ぐうっと、串部が腹の虫を鳴らした。

「殿、築地《つきじ》の合引橋《あいびき》はすぐそばですぞ」

「だから、何だ」

「鮟鱇《あんこう》鍋ですよ。骨董商を絞りあげたあと、久方ぶりにいかがです」

わるくない。吊し切りの鮟鱇を頭に浮かべ、蔵人介も唾を呑む。

「ふふ、決まりですね」

「詮方《せんかた》あるまい」

長閑《のどか》に行き交う荷船を眺めていると、店のなかから光沢のある銀鼠《ぎんねず》の着物を纏った商人があらわれた。

「あっ、銀杏屋の主人ですぞ」

福々しい頬に二重顎、猪首で腹の突きでた外見は、布袋《ほてい》を連想させる。

宿駕籠も使わず、丁稚《でっち》の供も連れずに、布袋は巾着ひとつ提《さ》げてのんびりと歩きはじめた。

「怪しいな」

気取《けど》られぬように、間合いを半丁も開けてあとを尾《つ》ける。

少し泳がせておき、頃合いをみはからって近づく算段だ。

銀杏屋は三十間堀から離れて京橋川のほうへ向かい、三年橋を渡ったさきの竹《たけ》河岸にいたった。ところが妙なことに、河岸に沿ってしばらく東へ進むと、楓川《もみじがわ》にいたる手前で白魚橋《しらうおばし》を渡り、もとの河岸へ戻ってしまう。

「布袋め、何がしたいのだ」

三年橋を渡った意味がない。

竹河岸に用があるわけでもなく、散策しているふうでもない。

蔵人介と串部は顔を見合わせた。

ひょっとして、勘づかれたのだろうか。

だが、一度も振りむいたことはなかった。

白魚橋からさきは川幅も広くなり、京橋川は八丁堀《はっちょうぼり》と名を変える。八丁堀に北寄りから注ぎこむのが楓川、南寄りから注ぎこむのが三十間堀であった。楓川の注ぎ口には弾正橋《だんじょうばし》が架かり、一方、三十間堀の注ぎ口には真福寺橋《しんぷくじばし》が架かっている。交差する堀川に鉤《かぎ》のかたちで架かる弾正橋、白魚橋、真福寺橋は三つ橋と称され、遊山《ゆさん》の名所にもなっていた。

ずんぐりした背中をさらに追っていくと、銀杏屋は少しだけ足を速めて広小路を突っ切り、真福寺橋を渡っていく。そのさきは南八丁堀の河岸が鉄炮洲《てっぽうず》稲荷までつづくが、途中で横道に逸れてはまた戻り、東へ東へと進んでいった。

背後を執拗《しつよう》に警戒しているのだ。それしか考えられない。

「殿、考えるより産むが易しにござる」

「待て」

串部は蔵人介の制止も聞かず、大股で駆けはじめる。

背後から襲いかかり、首根っこを摑んで露地裏へ連れこむ肚《はら》だろう。

が、蔵人介は目を疑った。

背後から迫る気配を察したのか、銀杏屋が着物の裾を引っからげ、脱兎《だっと》のごとく駆けだしたのだ。

「うおっ」

速い。

おもわず、串部が驚きの声をあげる。

河岸の景色が、どんどん後ろに飛んでいった。

蔵人介も必死に駆けたが、追いつきそうにない。

まるで、亀が兎に変わったかのようだ。

あれでは、韋駄天《いだてん》自慢の町飛脚も追いつけまい。

銀杏屋は気息も乱さず、鉄炮洲稲荷のさきまで駆けぬけた。

蔵人介と串部が本湊町《ほんみなとちょう》の岸辺へ達したとき、銀杏屋を乗せた小舟は渡し船の桟橋から遠く離れたあとだった。

「……あ、あやつめ、並みの骨董商ではありませぬぞ」

串部は船尾を睨みつけ、口惜しそうに吐きすてる。

紅い航跡の彼方には、島影をのぞむことができた。

「佃島《つくだじま》か」

猿のように逃げさった銀杏屋は、何者なのであろうか。

深まる謎を解く端緒《たんしょ》は、航跡とともに消えてしまった。

九

鮟鱇鍋を食べるのをあきらめ、御納戸町の家に戻ってみると、志乃のもとへ書が一枚届いていた。

「壺井師古《もろひさ》どのにござります」

志乃は留守にしていたので、幸恵が書を預かった。

幸恵の告げた外見からして、来訪者は壺井本人にまちがいない。律儀にも頼んでおいた書を持参してくれたのだ。しかも、買ってもらう気はないので、金はいらぬと言ったらしい。

志乃は残念そうに溜息を漏らす。

「床の間に飾ることはできませぬ」

「えっ、お気に召さなんだのですか」

「気に入るも何も、書をご覧になればわかります」

蔵人介は仏間に誘われ、壺井の持ってきた書を手渡された。

「見渡せば間に就く家はなかりけり、浦の苫屋の秋の夕暮れ……ん、これは」

「さよう。まことは『はなも紅葉も』と書くべきところを『間に就く家は』と誤っておいでです。これは定家ではありませぬ」

蔵人介は黙りこみ、じっと書を睨みつけた。

どくん、どくんと、心ノ臓が高鳴りだす。

「間とは何のことでしょうね」

事情を知らぬ志乃の問いに、蔵人介は応じることができない。

間とは間諜《かんちょう》のこと、策をもって仕える橘家の当主に選ばれたのは、公方の尿筒持ちを家業にする公人朝夕人の土田家であった。

間に就く家の主人、伝右衛門は行方知れずになったのだ。

洒落なのか、罠なのか、それとも、こちらの心情を慮《おもんぱか》ってのことなのか。意図はわからぬが、壺井師古はわざわざその事実を和歌に織りこんで報せようとした。

たしかに、伝右衛門は先月十六夜に門前仲町へあらわれず、そののちも音沙汰がなくなっていた。厄介事に巻きこまれたのではないかと、案じていた矢先だった。

見逃せぬのは、壺井が「間」という字を使っていることだ。とりもなおさず、それは橘右近が生前に蔵人介と伝右衛門にだけ語った秘密を知っていることを意味していた。

橘家の先祖は神君家康から「橘家は策をもって仕えよ。そして、剣をもって仕える家と、間をもって仕える家を配下に置け」と命じられた。門外不出とされた御墨付に記された内容を知っているとすれば、考えられることはひとつ、壺井やその上にいるとおもわれる丸田川春満は、橘が後顧を託したのであろう新たな黒幕と繋がっていることになりはせぬか。

何らかの意図のもと、巧妙に導かれているのかもしれない。

何者かに力量を試されているような気がしてならなかった。

いずれにしろ、壺井に会って質すしかあるまい。

幸恵は壺井の住むさきを聞いていた。

下谷御徒町《したやおかち》にある伊庭《いば》道場裏の同心長屋だというので、さっそく蔵人介はそちらへ向かうべく屋敷を出た。

闇の帷《とばり》を突きぬけ、飛ぶように駆けつづけた。

たどりついた御徒町の武家屋敷界隈は、夕餉も疾《と》うに終わった刻限ゆえか、ひっそり閑《かん》としている。

伊庭道場のそばに建つ辻番所で尋ねると、壺井の家はすぐにわかった。

粗末な木戸門を抜けた向こうの長屋割りの平屋で、辻番によれば壺井は新妻と赤子を養っているという。余計なはなしだが、新妻は市井《しせい》の出で、隣近所とは馴染めぬ様子らしかった。

木戸門を潜ってみると、赤子の泣き声が聞こえてくる。

表口のほうへ歩を進めてみれば、壺井の妻らしき若い母親が夜泣きの子どもを負ぶって必死にあやしていた。

壺井は留守のようだ。

そっと踵《きびす》を返したさきに、人の気配が立ちのぼる。

慎重に身構えつつ、物陰の暗がりに近づいた。

「鬼役どの、来られましたか」

壺井の囁き声が聞こえてきた。

「何処に人の目があるともかぎらぬゆえ、顔をおみせできませぬ」

「よかろう。いくつかの問いにこたえてもらいたい」

「そのつもりにございます」

「土田伝右衛門は生きておるのか」

「はい、おそらくは」

「何処におる」

「佃島に銀杏屋幸介の隠し蔵がございます。おそらくは、まだそこに」

「軟禁されておると申すのか」

「はい」

「誰がやらせた」

「それは言えませぬ」

「予想はつく。御伝奏屋敷の大天狗であろう」

ほっと、壺井は溜息を漏らす。

「恩のあるお方にございます。裏切るわけにはまいりませぬ」

「ならば、何故、わしに伝右衛門の居所を教えた」

「かつて、それがしは禁裏の内舎人《うどねり》をつとめておりました。日がな一日御所の鬼門に立ち、木像の猿を守る役目にございます。同じ陽の当たらぬ役目に就いておった身の上ゆえ、公人朝夕人の土田どのに同情したのやもしれませぬ。土田どのは仰いました。自分は死んでもかまわぬし、家は滅びてもかまわぬ。ただ、できることならば、矢背蔵人介さまを助けてやってほしいと」

「わからぬな。いったい、誰の差し金で伝右衛門は捕まったのだ。そもそも、あやつは奥右筆殺しを調べておったはず。『万水楼』の馬繋場で彦坂織部の首を飛ばしたのは、おぬしであろう。ついでに言えば、牛天神の坊主殺しも、おぬしのやったことではないのか」

肯定も否定もせず、壺井は淡々と応じる。

「奥右筆組頭は政事《まつりごと》の大事を商人たちに漏らし、袖の下を得ておりました。一方、天台宗の僧は席書で得た金子で夜な夜な岡場所へ繰りだし、淫《みだ》らな破戒行為を繰りかえしておりました。いずれも、誅すべき悪人にござります」

「されど、そのふたりが消えた途端、大天狗は江戸一の能筆家という栄誉を手にし、席書で法外な報酬を手に入れたではないか」

「それは密命と関わりなきことかと」

「白状したな。密命を下す者とは誰なのだ」

蔵人介が闇を睨みつけると、わずかな沈黙ののち、掠《かす》れた声が戻ってきた。

「それがしは存じませぬ」

「大天狗を介しての密命というわけか。されど、成敗せよと命じられた相手がすべて悪人とはかぎらぬぞ」

「悪人と信じて、お役目を果たすしかありませぬ」

蔵人介は、ぎゅっと唇を結ぶ。

かつての自分をみているようだった。いたずらに密命を与える者を信じ、正義の鉄槌を下した気になっている。だが、人斬りの業《ごう》を背負うたびに苦しみ、いずれは身を捩《よじ》らせるほどの葛藤《かっとう》と闘わねばならなくなる。

「それがしは平穏を望みます。許されるならば、御書物蔵のお役目だけに没頭したい。されど、密命を果たさねば表のお役目からも外されてしまいます」

「大天狗にそう脅されたのか」

「お察しくだされ。それがしも妻子を養わねばなりませぬ」

「ふん、妻子を養うためなら殺しをも厭《いと》わずというわけか」

「何とでも仰ってください。ただ、これだけはご理解いただきたい。利によって結びついているのではござりませぬ。それがしはあのお方に大恩を感じているのです」

丸田川春満は伝右衛門に代わって、黒幕から「間」の役目を引きうけようとしているのだろうか。意のままになる剣客だけを取りこもうとしているのならば、とうてい許すことはできない。

「仕える相手をまちがえたな。わしが大天狗を成敗すると言ったら、どうする」

「そうはさせませぬ」

突如、殺気が膨《ふく》らんだ。

すかさず、蔵人介は問いかける。

「おぬしの太刀筋をみた。居合にも通じる抜きうちの一刀、あの技は何と申す」

「持明院流、『跳ねつるべ』にござります」

「跳ねつるべが、わしに通じるとおもうか」

「いいえ」

「されば、殺気を消すがよい」

「そうはまいりませぬ」

闇が動いた。

双方ともに入身《いりみ》で迫る。

間合いは半間《けん》、抜きの勝負だ。

蔵人介はわざと抜かず、ぱっと壺井の右手首を摑んだ。

刹那、使えぬはずの左手が脇差の柄を握り、素早く抜かれた白刃が蔵人介の顎下にあてがわれる。

「おぬし、左手が使えたのか」

「怪我を負ったというのは、生きながらえる方便にござる」

「されば、何故、内舎人を辞した」

「不正をはたらいた上役を刺しました」

「ふうむ、そういう事情であったか」

もはや、逃れる術はない。

蔵人介は覚悟を決め、眸子を瞑った。

が、壺井は白刃を動かさない。

「どうした、ひとおもいに喉笛を裂かぬか。大天狗からも、そう命じられておったのであろう」

「生き残ったほうを使うと、あの方は仰いました」

「ならば、躊躇うな。非情にならねば、刺客はつとまらぬ」

「わかっております」

白刃は小刻みに震え、力なく下へ落ちた。

壺井は蒼白な顔をゆがめ、自嘲してみせる。

「やはり、それがしには向いておらぬようです」

「そのようだな」

「じつを申せば、土田どのは自分のことは伝えてくれるなと仰いました。知ればかならず助けにくる。罠と知っていても、命を賭して仲間を救おうとする。利では動かず、義で動く。それが矢背蔵人介なのだと。さようなお方を亡き者にするわけにはまいりませぬ」

「わしを逃がせば、針の筵《むしろ》へ座ることになるのだぞ」

「わかっております」

「いいや、おぬしはわかっておらぬ」

「ならば、どうせよと」

わずかに間を置き、蔵人介は吐きすてた。

「死んだことにいたせ」

「えっ、何を仰います」

「戯れてはおらぬ。妻子ともども、わしに身を預けてみぬか」

正面からまっすぐにみつめると、壺井は眸子を潤ませる。

蔵人介のおもいは、このとき、佃島のほうに向かっていた。

十

蔵人介は串部を呼びよせ、鉄炮洲の渡し場から小舟に乗って佃島に渡った。

壺井によれば、銀杏屋の隠し蔵は住吉《すみよし》神社の裏手にあるという。

月もない暗闇のなか、波音だけを頼りに島の北東へ向かった。

砂州の北には人足寄場《にんそくよせば》の築かれた石川島《いしかわじま》があるはずだが、暗すぎて島影はみえない。

住吉神社の石燈籠には明々と灯《ひ》が灯《とも》っており、松明《たいまつ》を手にした氏子《うじこ》たちが石段を行き交っている。

「今宵は初子《はつね》ゆえ、大黒天を奉じるねずみ祭りが催されておるのでしょう」

串部の言うとおり、真夜中を過ぎても灯の消える気配はなかった。

神社の裏手へまわってみると、波打ち際に並ぶ蔵の入り口にも灯明《とうみょう》が灯っている。

ただし、一棟だけ灯《あか》りの点《つ》いていない蔵があった。

「あれだな」

串部は「福来」と呼ぶ二股大根を齧《かじ》りながら、無精髭《ぶしょうひげ》のまぶされた顎をしゃくる。

ふたりは木陰に隠れ、しばらく様子を窺った。

土壁の剝《は》げた蔵は、使われている形跡もない。

怪しいのは、見張りがひとりもいないことだ。

「ちと様子を窺ってまいります」

串部は身を乗りだし、小走りになって表口へ近づいた。

そして、片手を大きく振り、こっちへ来るように誘う。

蔵人介は仕方なく、跫音を忍ばせて表口へ身を寄せた。

古びた屋根看板を振りあおげば、剝げかけた朱文字で『銀杏屋骨董商売』とある。

「戸が開いておりますぞ」

串部が囁いた。

戸の隙間に指を引っかけ、開けるかどうか指示を請うてくる。

蔵人介はうなずいた。

たとい罠であったとしても、戸を開けねば打開の道は見出せない。

串部は重い引き戸を開けた。

饐《す》えた臭いに顔をしかめる。

「ん」

人の気配を感じた。

つぎの瞬間、正面から光の束が襲いかかってくる。

たまらずに手を翳《かざ》すと、蔵のなかが真昼のような明るさになった。

大勢の人影が壁際に蠢《うごめ》いている。

そして、襤褸《ぼろ》屑《くず》と化した人影がひとつ、後ろ手に縛られた恰好で天井から吊されていた。

「うわっ、伝右衛門」

串部が叫んだ。

同田貫の柄に手を掛けると、人影のひとつが赤い口をひらいた。

「やめておけ。こやつはまだ死んでおらぬ。妙な動きをすれば、あの世へ逝くことになるぞ」

うそぶきつつ手槍《てやり》を掲げ、伝右衛門の尻を突こうとする。

肥えたその風体には、みおぼえがあった。

「銀杏屋幸介か」

柿色装束に身を包んでいるせいか、まったくの別人にみえる。

「元内舎人の剣客を葬ってきおったのか」

「さよう」

「ふん、こうなることはわかっておったわ。むしろ、われらはそれを望んでいた。公人朝夕人を餌にして、おぬしをおびきよせた甲斐があったというものじゃ。ふふ、後ろをみてみろ」

振りむかずともわかっていた。

蔵の外も忍び装束の連中に囲まれている。

数は二十か三十か、それ以上かもしれない。

正体は群盗《ぐんとう》か、忍びか、判断はつきかねた。

「教えてつかわそう、われらは軒猿《のきざる》の一党じゃ」

銀杏屋のことばに、蔵人介は顔を顰《しか》める。

「軒猿と言えば、戦国の世に上杉家に仕えた忍び。二百有余年の時を経て生きのびておったとすれば、亡霊にちがいない」

「さよう、亡霊のようなものじゃ。上杉家との縁も切れ、今は雇い主もおらぬ。主人のおらぬ忍びは群盗も同じよ。わかるであろう、われらは雇い主を求めておる」

「わからぬな。何故、巻きこむ」

「雇い主の望みだからよ。おぬしらと競うて勝たねば、禄にありつくことはできぬ」

「雇い主とは誰のことだ」

「知らぬ。お頭《かしら》以外はな」

「お頭とは、丸田川春満のことか」

「ああ、そうじゃ。ただし、お頭も雇い主の顔をご覧になったことはない。席書という舞台を借りて密命が下されてくるのよ」

「何だと」

「ふふ、競りで落とされた書の値が、われらへの報酬じゃ。されど、おぬしらと競って勝ちを得ることができれば、煩《わずら》わしい手段を使わずともよくなる」

黒幕とおぼしき人物は、密命を与えるべき配下を捜している。蔵人介を頭から信用できず、得体の知れぬ連中を嚙ませ犬にしようとしているのかもしれない。

「さんざっぱら盗賊まがいの悪さを繰りかえしてきたが、悪党稼業にも飽きてな。

ここいらで善行を積んでおけば、閻魔さまの心証もよくなろう。そう考えていた矢先、これ以上はないようなはなしが降ってわいた。禄を貰って幕臣となり、悪辣非道な奸臣を成敗する。おぬしらが今までやってきた楽しげな役目のことさ」

蔵人介は耳をかたむけるふりをしながら、吊された伝右衛門をちらりとみた。

わずかに動いた気がしたからだ。

かなり痛めつけられているものの、気を失ってはいない。

伝右衛門のことゆえ、逃れる好機を窺っているのだろう。

吊された足先には、冷水の満たされた大瓶が置いてあった。

縄さえ切れれば、どうにかなるかもしれない。

そんなことを考えつつ、蔵人介は銀杏屋に喋りかけた。

「おぬしら、騙されておるぞ。だいいち、それだけの数が幕臣に引きたてられるはずはなかろう」

「ふん、百人同心をひと組増やせばよいだけのこと。御広敷《おひろしき》の伊賀者《いがもの》に取って代わってもよかろうしな。どのみち、約定《やくじょう》を破れば、そやつをこの世から消してやる。お頭もそう仰せだ」

「勘違いしておるようだな。おぬしらを騙しておるのは、お頭かもしれぬぞ」

「笑止《しょうし》な」

「笑っておられるのも今のうちだ。おぬしらは蜥蜴《とかげ》の尻尾にすぎぬ。罠を張ったつもりであろうが、おぬしらはみずから墓穴を掘った。大天狗の狙いは、邪魔になったおぬしらをひとりでも多く斥《しりぞ》けることにほかならぬ」

「黙れ、死に損ないめ」

銀杏屋は怒りあげ、さっと片手をあげた。

手下どもが動くよりも早く、串部が身を躍らせる。

敵の目が串部の動きに惑わされた。

蔵人介の腰には「鳴狐」のほかに、練兵館館長の斎藤弥九郎から貰った「鬼包《おにぼう》丁《ちょう》」がある。

その鬼包丁を引きぬき、渾身《こんしん》の力を込めて投擲《とうてき》した。

「ぬえい」

鬼包丁は銀杏屋の鬢《びん》を掠め、左方に回転しながら浮きあがるや、背後に吊りさがった縄を切った。

――ばしゃっ。

大瓶から水飛沫が立ちのぼり、落ちたはずの伝右衛門が跳びあがってくる。

いつの間にか縄目から逃れ、一間余りも跳躍して下忍のそばへ舞いおりた。

そして、下忍の刀を奪いとるや、ずばっと腹を裂いてみせる。

「ぐえっ」

蔵人介はこれを見定め、鳴狐を抜きはなった。

一閃《いっせん》するや、闇が裂け、下忍のひとりが倒れる。

一方、串部も低い姿勢で縦横無尽に駆けまわり、両刃の同田貫で臑を刈りとる。

蔵のなかは阿鼻叫喚《あびきょうかん》の坩堝《るつぼ》と化し、外の連中も雪崩《なだれ》のごとく躍りこんできた。

「怯《ひる》むな、殺《や》れ、殺ってしまえ」

銀杏屋は骨董品の鎧甲《がいこう》を背にして、必死の形相で声を嗄《か》らす。

その面前に、蔵人介の刃が迫った。

「ひぇっ」

悲鳴をあげつつも、手槍を鼻先に突きだそうとする。

蔵人介はひらりと躱し、無造作に刀を振りおろした。

「ぬぎゃっ」

手槍を握った右手が、ぼそっと落ちる。

「鬼役どの、とどめはそれがしに」

半裸の伝右衛門が、後ろからぬっとあらわれた。

胸や背中の生々しい傷は、鞭で打たれたものだろう。

銀杏屋がやったのだ。

「……く、くそっ、嘗めすぎたわ」

口惜しげな悪党の顔が、死の恐怖に引き攣《つ》った。

伝右衛門は黙然と迫り、平青眼に構えた刀の切っ先を左胸にねじ込む。

「ぬぐ……ぐぐ」

背中を貫いた刀を抜きもせず、柄から手を離した。

銀杏屋はそのまま、鎧甲もろともに頽《くずお》れていった。

表口を振りかえれば、返り血を浴びた串部が佇んでいる。

抗《あらが》う下忍は残っておらず、血腥《ちなまぐさ》い臭いだけが漂っていた。

せめてもの救いは、暗闇が惨状を隠してくれていることだ。

「……か、かたじけのうござりました」

伝右衛門は弱々しく吐きすて、がくっと片膝をついた。

蔵人介は着物を脱いで覆い、背中に負ぶってやる。

「ずいぶん軽いな」

何日も物を食べていないのだろう。

生きていたことさえ奇蹟かもしれなかった。

おぬしを死なせるわけにはいかぬ。

蔵人介は胸の裡につぶやいた。

おぬしを死なせたら、橘さまに顔向けができぬからな。

蔵の外に出ると、死闘が嘘のように静まりかえっている。

遠くにみえる住吉神社の灯明が、鬼火のように揺れていた。

十一

霜月十二日、夜。

伝右衛門がすっかり快復するのに、十日を費やさねばならなかった。

軒猿の一党に拐《かどわ》かされたのは、永代寺門前仲町の『万水楼』へおもむいた十六夜の晩であったという。彦坂織部の罪状を調べあげ、誅すべき奸臣であることを告げに向かう途上、大勢の忍びに囲まれたのだ。

不覚を取ったのは、大天狗の繰りだした不動金縛りの術に掛かったせいだった。

それから半月ものあいだ、ほとんど呑まず食わずで黴臭《かび》い蔵のなかに転がされ、おもいだしたように責め苦を受けていたらしい。いかに強靭《きょうじん》な心身を持つ伝右衛門でも、生きるのをあきらめかけた瞬間が何度かあった。

「それがしがおらぬようになっても、世の中は何の支障も無くまわっていきましょう。ただ、どうしても拐かされた理由が知りたかった。それを知らぬままでは、死んでも死にきれませぬ」

主人がいないあいだも、公人朝夕人の役目は土田家の者が代行している。だが、何かあれば即座に改易は免れぬ綱渡りの日々であることに変わりはなかった。

一方、軒猿の首領とおぼしき大天狗は、伝奏屋敷から一歩も出てくる気配がない。

蔵人介は伝右衛門に精をつけさせるべく、南八丁堀の合引橋そばにある鮟鱇鍋屋に足を運んでいた。

「鍋奉行が来るまで少し待ってくれ」

「ええ、いくらでも」

だし汁を入れた鍋と笊《ざる》に盛られた具材を眺め、蔵人介は親爺が運んできた銚釐《ちろり》を摘んだ。

「熱燗でもどうだ」

「かたじけのう存じます」

酒を注いでやると、伝右衛門は盃を両手で持ち、すっとひと息に呑みほす。

「美味かろう」

「はい」

「されば、もう一杯」

「いいえ、こちらが注ぐ番にござります」

伝右衛門は銚釐を摘み、注ぎ口をかたむける。

蔵人介もひと息に呑みほすと、熱いものが胃の腑に染みわたった。

「考えてみれば、こうして酒を酌みかわすのは、はじめてかもしれぬな」

「さようですね。何やら、照れくさい気もいたします」

親爺が仏頂面《ぶっちょうづら》であらわれ、平皿をとんと置いていく。

「ん、これだ」

「あん肝の酒蒸しでござりますか」

「これさえあれば、ほかには何もいらぬ」

絶品のあん肝を口に抛《ほう》れば、自然に笑みがこぼれてくる。

「ところで、黒幕の正体はまだわからぬのか」

さりげなく水を向けると、伝右衛門は無念そうに首を振った。

「席書に目をつけておれば、調べようもあったかもしれませぬ。されど、今となっては後の祭り」

「それにしても、軒猿とはな。何故、盗賊まがいの亡霊どもを使おうなどと考えたのであろうか」

「ひょっとすると、赤穂《あこう》浪士の討ち入りまで、はなしは遡《さかのぼ》るかもしれませぬ」

意外な台詞に、蔵人介は首をかしげる。

「どういうことだ」

「吉良《きら》家にござります。大権現様の御墨付には『剣をもって仕える家と、間《かん》をもって仕える家を配下に置け』とござりました。橘さまによれば、間をもって仕える家は初代より土田家がつとめてまいりましたが、剣をもって仕える家は矢背家が初代より任じられていたわけではありませぬ」

「それは橘さまに伺った。橘家の四代目までは、高家《こうけ》筆頭の任にあった吉良家が担っていたとか」

剣をもって仕える家は、宮家との橋渡し役も兼ねていたがゆえのことらしい。

ところが、今から約百四十年前の元禄十五年（一七〇二）、吉良上野介義央《こうずけのすけよしひさ》は赤穂浪士に首を獲られ、由緒ある家は改易となった。

「吉良家は討ち入りで消えました。それゆえ、橘家の四代さまは早急に代わりの家をみつけねばならなかった」

討ち入りから五年後の宝永《ほうえい》四年（一七〇七）、ときの老中首座であった秋元但馬守喬知の推挙により、矢背家が剣をもって仕える家とされたのだ。

「当時の経緯を知っていたとおぼしきお方がおられます」

「どなただ」

「上杉弾正大弼綱憲《つなのり》さま、米沢藩の第四代藩主にして、首を獲られた吉良さまのご長男にござります」

「なるほど、吉良と上杉の繋がりか」

「上杉家に婿入りしたお殿さまは、討ち入りでたいそう評判を落とされたとか」

芝居にもなった『忠臣蔵』の内容とは異なり、米沢藩は幕命を守って藩主の実家である吉良家へ援軍を出さなかった。江戸庶民はこれを弱腰とみなし、市井では「景虎《かげとら》も今や猫にやなりにけん」などといった上杉謙信《けんしん》を皮肉る戯《ざ》れ歌まで詠まれた。武門の名家として知られた上杉家の評判は、討ち入りをきっかけに地に堕ちてしまったのだ。

「信じられぬな。上杉家のご当主が、吉良家に替わって密命を受けることになった矢背家を恨んだと申すのか。かりにそうであったにせよ、逆恨みと言うものであろう」

「逆恨みでも何でもよいのです。かつて仕えていた主人が恨みを抱いていた。真実でなくとも、そうした逸話さえあれば、軒猿どもは奮いたつ。強引とは申せ、矢背家に牙を剝《む》かせる大義名分にはなる」

「黒幕はそこまで考え、双方を競わせたかったと申すのか」

「手強い相手を咬ませ犬に使いたかったのではなかろうかと。それ以外に、軒猿を選んだ理由はおもいあたりませぬ。真実は別かもしれませぬが、それを知る者がいるとすれば」

「御伝奏屋敷の大天狗か」

丸田川春満と対峙すれば、黒幕の正体もふくめて事の経緯は判明するかもしれない。

「さて、どうやって穴蔵から出てこさせるか」

「そこだな」

腕組みをしたところへ、串部が騒々しくあらわれた。

「遅くなり申した。鍋奉行の登場にございます」

意外な人物を連れている。

壺井師古であった。

「壺井どの」

報されていなかった伝右衛門は動揺しつつ、ふたりのために席を空ける。

「わしが呼んだのだ。隠れ家に籠もってばかりおっては、気も滅入るだろうからな」

蔵人介が気を遣って酒を注ぐと、壺井は恐縮してみせた。

「何から何までお世話になり、申し訳ございませぬ」

大天狗の目を欺くために、壺井と妻子は死んだことにされていた。浜町河岸で生《き》薬《ぐすり》屋を営む角野薫徳《かどのくんとく》という検毒師がおり、蔵人介の頼みなら何でも聞いてくれるので匿《かくま》ってもらってはいるものの、当然のごとく、幕臣の地位と禄は失う羽目になった。

「すまぬが、もう少しの辛抱だ」

「何を仰いますやら。何の関わりもない矢背さまにここまで面倒をみていただき、穴があったら入りたい心持ちにございます」

「これも縁だ。おぬしには、わしが背負うべき業も背負わせてしまったしな」

「奥右筆組頭のことでございますか」

「さよう、おぬしとわしは同じ密命を負っていたのかもしれぬ。知らぬ間に、詮無い競いあいをやらされておったのだ」

鍋が盛んに湯気を立てていた。

腕捲《まく》りをした串部は、煮えた具を椀に取りわけていく。

一方、蔵人介は壺井の盃に酒を注ぎ、決意を込めた顔で切りだした。

「おぬしを呼んだのはほかでもない、大天狗と決着をつけようとおもうてな」

「察しておりました。あのお方を誘いだすのでございますな」

「ふむ。おぬしが生きていると知れば、あやつはかならず穴蔵から出てこよう。事と次第によっては、命の取りあいをせねばならぬ。おぬしにとっては恩人かもしれぬが、われらが生きのびるためには避けて通れぬ道なのだ。どうだ、手伝ってもらえぬか」

「そのつもりで参りました。あのお方は、伝右衛門どのを亡き者にしようとした。やはり、そのことがどうしても腑に落ちませぬ。直に問いたくなったのでござる。いったい何のために密命を果たさねばならぬのかと」

危ういなと、蔵人介は感じた。

助けたはずの命を危険に晒すことにもなろう。

だが、それ以外に大天狗を誘いだす術はなかった。

「どうやって誘いだせばよいのですか」

壺井の問いに、蔵人介はこたえた。

「わしのもとで囚《とら》われの身となり、助けを求めていることにいたせばよい。おぬしが直筆の書をしたためれば、あやつは動く。おぬしが裏切ったかどうかを、かならず確かめに来よう」

伝右衛門が横から口を挟む。

「ときは四日後の十六夜がよろしいかと。翌日は大権現様の月命日ゆえ、一晩中《よっぴて》、紅葉山では読経がおこなわれまする」

「紅葉山に誘うのか」

「いかに大天狗とて、大権現様の御霊をないがしろにはできますまい。それに、紅葉山は深い杜《もり》、ほかに邪魔もはいりませぬ。軒猿の首領ならば、容易に忍びこむこともできましょう。向こうも配下どもを失って手をこまねいているはず。かならずや、重い腰をあげるに相違ござらぬ」

伝右衛門はめずらしく、興奮を隠しきれない様子で喋りきった。

壺井は漲《みなぎ》る決意を胸に秘め、みずからを落ちつかせるように何度もうなずく。

串部は待ちきれず、椀のだし汁をずずっと呑み、口をはふはふさせながら鮟鱇の身を咀嚼《そしゃく》する。

「うおっ、ほほ、からだが芯から温まりますぞ。ささ、みなさまも」

蔵人介も鮟鱇に舌鼓を打ち、大いに酒を喰《くら》った。

みながそれぞれに覚悟を決めたせいか、合戦前夜の宴にも似て、何とも言えない清々《すがすが》しさのようなものもある。

しかし、何ひとつ物事は解決していなかった。

宴が終われば、難敵との厳しい闘いが待っている。

みずからの進むべき道を見極めるためにも、蔵人介は紅葉山へ行かねばならぬとおもった。

十二

十六日、江戸に初雪が降った。

しんと静まりかえった紅葉山には、荘厳な読経が響いている。

参道を上っていくとそれは地鳴りのように響き、この世のものではないものへの呼びかけにも聞こえた。真紅の杜は一夜にして穢《けが》れなき純白に変わり、底冷えするほどの寒さがかえって心地好《よ》くもある。

夕方まで空を覆っていた雪雲は消え、澄んだ夜空には煌々《こうこう》と丸い月が輝いていた。

丸い月を下から斜めに薙ぎあげる技は、公卿《くぎょう》の使う持明院《じみょういん》流では「跳ねつるべ」と呼ぶらしい。

「跳ねつるべの技を教えてくれたのは、春満さまなのでございます」

と、壺井は言った。

春満は五尺に近い長大な刀で、その難しい技をやってのけるという。

祥寛なる天台宗の僧侶殺しは、じつは春満の仕業であった。

「密命ではありませぬ。ご自身が席書で一席を取るためにやったことにございます」

能書も密命を与える者の関心を惹く方便なのであろう。字も上手く、剣もできて弁も立つ。みずからの才を埋もれさせたくない大天狗は、目途《もくと》のためならば誰彼かまわずこの世から消そうとするにちがいない。

壺井は顔を曇らす。

「大技ばかりでなく小技にも長け、何よりも体術に優《すぐ》れており、気を操って相手を動けぬようにすることもできる。いずれにしろ、敵にまわせば厄介な相手かと」

死ぬ気で掛からねば勝てぬなと、蔵人介は胸中に言い聞かせる。

退路を断つために、串部と伝右衛門をともなわず、壺井だけを連れてきた。串部は口惜しがったが、蔵人介の勝利を欠片《かけら》も疑っていない。今頃は坂下渡り門の近くに佇み、蛤《はまぐり》濠に映る月に願掛けをしていることだろう。

もちろん、雌雄《しゆう》を決する闘いになるであろうが、蔵人介にはどうしても聞きたいことがあった。

橘右近の遺志を継ぐ黒幕の正体が知りたい。

白い息を吐きつつ参道を上り、ふたりは四阿《あずまや》のところまでたどりついた。

下方には屋根に雪を載せた御書物蔵が並び、背には大権現家康の御霊屋が篝火《かがりび》に照らしだされている。

約定の子《ね》ノ刻（午前零時）は近い。

春満はすがたかたちもなく、次第に不安が募ってきた。

「矢背さま、それがしはあのお方に刃を向けることができませぬ」

「わかっておる。おぬしに骨を拾わせるようなまねはさせぬ」

突如、子ノ刻を報せる鐘が鳴った。

気づいてみれば、読経は熄《や》んでいる。

凩《こがらし》のような風が吹きぬけ、御霊屋を照らす篝火の炎が激しく揺れた。

大きな人影が参道の下方ではなく、御霊屋のほうからゆっくり近づいてくる。

「……き、来た」

壺井が声を震わせた。

柿色装束に身を固めた大天狗は、黒鞘に納めた長い刀を提げている。

伝奏屋敷で会ったときの印象とはかけ離れ、盗賊まがいの一党を率いてきた首魁の威風を感じさせた。

蔵人介は身構え、相手を真正面に見据える。

術に掛からぬように、手には小柄を握っていた。

十間ほど近づいたところで、大天狗は足を止める。

声を無理に張らずとも、充分に聞こえる間合いだ。

「やはり、そういうことか。壺井、おぬし、裏切ったな。ふん、まあよい。鬼役を葬ってから始末をつけてくれよう」

「勝つ気でおるのか」

蔵人介の問いに、春満は失笑を漏らす。

「その気がなければ、のこのこ出てこぬわ。あのお方は、おぬしの力量と胆力を買っておられた。ただ、扱いづらいとも仰った。ときには、行きすぎた正義が仇《あだ》になることもある。あのお方は情に流されず、非情に徹しきれる剣客をお求めなのだ。十六夜の月のごとく、的を面前にして逡巡《しゅんじゅん》するような輩《やから》はいらぬと仰せでな」

「眼鏡にかなわぬとなれば、どうなる」

「排除する。それがわしの役目ともなろう」

隠然とした迫力に気圧《けお》されまいと、蔵人介は小柄をぎゅっと握りしめる。

「忍びを束ねていたおぬしが認められたと申すのか」

「認めようが認めまいが、どちらでもかまわぬ。忠心も正義もいらぬ。あるのは約定だけだ」

「約定」

「さよう、わしは取引をした。報酬さえ貰えば、どのような密命も果たすとな」

「そのお方は得心《とくしん》なされたのか」

「さあ、知らぬ。だが、約定は交わした。利でしか動かぬわしのような者のほうが、かえって使いやすく、信用できると踏んだのやもしれぬ。だとすれば、賢いお方だ。容易《たやす》く変わる人の心のありようをわかっておられる」

　大天狗は不敵に笑い、壺井を睨みつけた。

「人という者は心根が弱い。おぬしに裏切られることも、最初《はな》から勘定に入れておったわ」

　蔵人介は問うた。

「そのお方とは、いったい、誰のことだ」

「ふふ、公方の代わりに密命を与えるに足るお方じゃ。一度だけ面談を許された際、御墨付の中身を教えてくだされた。橘家に伝わる大権現様の御墨付を、おぬしの養母が携えておることもな。それが何よりの証拠であろう。確かなお方でなければ、そこまでの秘密を知るはずがない」

　春満の言うとおりだが、納得するわけにはいかない。

「利によってしか動かぬ輩が、上様の密命を果たせるとはおもえぬ」

「それがおぬしの甘さよ。橘右近が死んだのも、おぬしに通じる甘さを携えておったからじゃ。そのお方は同じ轍《てつ》を踏むまいと、おもっておいでなのさ」

「笑止な。その御仁は、橘さまの高いお志をわかっておられぬようだな。さような人物の下ではたらくのは、こちらから願い下げだ」

「おぬしに選ぶ権利はない。わしは間となり、厳選した剣客を配下に置くつもりだ。この際、剣をもって仕える忠義者はいらぬ。おぬしも壺井も手駒になるやもしれぬと踏んでおったが、どうやら、見込み違いであったらしい」

「それで」

「何度も言わせるな。密命のからくりを知る者には消えてもらわねばならぬ。それは、あの方のご意志でもあろうからな」

「そろりと教えてもらおうか。その人物の正体を」

「教えぬさ。知らずにあの世へ逝くがよい。ふふ、されどな、わしを斬れば、そのお方に会う機会が訪れるやもしれぬぞ」

蔵人介と大天狗のどちらを取るか、両天秤に掛けているとでもいうのか。

「今以上の信を得るためにも、おぬしには死んでもらわねばならぬ。覚悟はよいか」

「いつなりとでも」

「されば、でやっ」

大天狗は右の掌を面前へ差しだし、ぶつぶつと不動《ふどう》経を唱えはじめる。

九字《くじ》を切って転法輪印《てんぽうりんいん》を結び、呪文のようなものを唱えた。

「緩くともよもやゆるさず縛り縄、不動の心あるに限らん」

さらに呪縛印《じゅばくいん》を結び、朗々と真言を唱えつづける。

「オンビシビシカラカラシバリソワカ、オンビシビシカラカラシバリソワカ……」

「うっ」

どんと正面から風圧を受けるや、身動きができなくなった。

「掛かったな、不動金縛りの術じゃ」

「あわ、あわわ……」

かたわらの壺井は、ものの見事に掛かっていた。

一方、蔵人介は掛かったふりをしているだけだ。

小柄の先端で腿《もも》を刺し、咄嗟《とっさ》に術から逃れていた。

それとも知らず、大天狗は刀も抜かずに歩みよってくる。

「ふん、容易いものよ」

五間の間合いまで近づいたとき、蔵人介は参道を蹴りあげた。

飛蝗《ばった》のように跳躍し、中空で鳴狐を抜きはなつ。

「ぬわっ」

大天狗が叫んだ。
と同時に、鳴狐が唸《うな》りをあげる。
棍棒のように太い腕が、肩口からぼそっと落ちた。
――ぶん。
――ぶしゅっ。
輪切りになった斬り口から、鮮血が噴きだしてくる。
それでも、大天狗は倒れない。
凄まじい形相で迫るや、左膝を折敷《おりし》き、右手一本で長尺の刀を抜きはなった。
「りゃ……っ」
満月すらも両断する。
奥義の名は、跳ねつるべにほかならない。
――きいん。
刃風を受けて蔵人介の髪は逆立ち、一刀を弾いたはずの鳴狐が宙高く飛ばされた。
それでも、蔵人介は独楽《こま》のように回転し、相手の懐中深く身を寄せる。
そして、握った小柄を大天狗の眉間に突きたてた。
「のひゃっ」

春満は眸子を瞠り、海老反りに倒れていく。

急所を射止められた熊が、天に向かって咆哮《ほうこう》しているかのようだった。

おそらく、その目には大権現家康の御霊屋が映しだされたにちがいない。

時勢から外れて生きるしかない男の野望は、脆《もろ》くも潰《つい》えてしまったのだ。

哀れと言えば哀れなはなしであった。

むしろ、責めを負うべきは、忠義の欠片もない者に機会を与えようとした者のほうかもしれぬ。

「矢背さま、終わりましたな」

術から逃れた壺井が、潤んだ眸子を向けてくる。

「ああ、終わった」

「それがしは、これからどうすれば」

「案ずるな」

じつは、志乃の伝手で加賀《かが》藩前田《まえだ》家にはなしを入れてあった。

同家には紅葉山文庫には及ばぬものの、数多《あまた》の蔵書を誇る御書物蔵がある。

壺井は書物奉行の配下として、望んでいた役目に就くことができよう。

しかし、今は告げるべきときではない。

丸田川春満は、壺井にとっては恩人だった。
恩人の死を受けいれるのに、しばらくの時は必要だろう。
いつの間にか、読経がはじまっていた。
雪面に散った紅い血が寒椿の花弁にみえる。
死者の魂魄《こんぱく》を鎮める荘厳な響きは風音と共鳴し、遺された者の頬を涙で濡らす。
十六夜の冴えた月影が、刺客になり損ねた男の横顔を浮かびたたせていた。
非情に徹しきらねば、密命を果たすことはできぬ。
たしかに、大天狗の言ったとおりかもしれない。
だが、非情になれぬ刺客がひとりくらいはあってもよかろう。
蔵人介は悽愴《せいそう》とした四阿を離れ、ゆっくりと参道を下りはじめた。

町奉行斬り

一

霜月二十八日は月次《つきなみ》登城の日、諸大名諸役人は寒気のなかを嫌々ながらも集まってきた。

諸大名から献上される品々のなかには、彦根《ひこね》牛の味噌漬けや薩摩《さつま》の黒砂糖を使った甘菓子などの食べ物もある。御目見得《おめみえ》をおこなう公方家慶が大広間や白書院でそれらを口にするわけでもないのだが、念のために毒味役の蔵人介は控部屋で待機しなければならなかった。

中奥と表向きの行き来は禁じられているので、こうしたことでもなければ境目となる土圭《とけい》之間の向こうへ渡ることもない。中奥では大紋《だいもん》や素襖《すおう》を纏《まと》った殿さまたちのすがたを目にする機会もないが、公方のそばに控えていると、序列や年齢によって分かれた殿さまたちが廊下を右往左往する様子なども手に取るようにわかった。

老中首座の水野越前守忠邦を見掛けたのは、役目も終わって中奥へ引きあげていくときのことだった。

忠邦は老中たちが執務をおこなう上御用部屋から顔を出し、侍烏帽子《さむらいえぼし》をかぶった恰好で首を左右に振りつつ、廊下に人影がないことを確かめた。さらに、跫音を忍ばせるようにして土圭之間手前の廊下を通り、さほど離れていない芙蓉《ふよう》之間のほうへ向かったのだ。

たまさか行きあった蔵人介は廊下の片隅にかしこまり、深々と平伏しながら気配を殺した。

おそらく、置物のように感じたであろう。

忠邦は一瞥もくれず、正面だけを見据えてさきへ進む。

ちょうどそこへ、南町奉行の矢部駿河守定謙《やべするがのかみさだのり》がやってきた。

殿中席は芙蓉之間なので、厠にでも行った帰りかもしれない。

「駿河守」

低声《こごえ》で呼びとめたのは、忠邦のほうである。

蔵人介はおもわず、そちらへ目を貼りつけた。

耳を澄ませば、ふたりの会話が聞こえてくる。

「これはご老中、ご機嫌はいかがにござりましょうか」

「寒い。こう寒うてはかなわぬ。疝気《せんき》の虫も暴れだし、腰が痛うてかなわぬ」

「疝気の筋張りは温めて癒やすしかありませぬ。もちろん、温石《おんじゃく》のご用意はおありでござりましょうが」

「温石なぞいらぬ。江戸町奉行の誓約書が一枚欲しい。すべての施策につき、このわしに一任するという約定さえ貰えれば、疝気なぞ何ほどのこともない」

同じような場面を、三月ほどまえにも目にした記憶がある。

忠邦は今は亡き大御所家斉の意向を忖度《そんたく》し、家斉の実子を養子にとった武蔵《むさし》国川《かわ》越《ごえ》藩の要請による三方領地替えを強引に成立させようとした。ところが、石高が遥かにうわまわる転出先の出羽《でわ》国庄内《しょうない》藩で領民たちの激しい抵抗に遭い、とどのつまりは家慶の鶴の一声で撤回せざるを得なくなった。

中身はどうあれ、一度評定《ひょうじょう》で定めた施策の撤回は前代未聞のこと、忠邦は大いに面目を潰されたが、この一件で堂々と反対意見を述べた人物こそ、矢部定謙にほかならなかった。

忠邦は身を寄せ、敵意も隠さずに顎を突きだす。

「当座のことは、株仲間の解散じゃ。おぬし、またぞろ異を唱えておろう」

「廊下の立ち話でいたす内容ともおもわれませぬが」

「さっそく評定に諮《はか》り、来月半ばには触れを出さねばならぬ。そのためにはどうしても、株仲間との矢面に立つ町奉行の助力が要るのじゃ。さようなことくらい、承知しておろう」

「急《せ》いては事を仕損じる。ご老中、時期尚早《しょうそう》にござります」

菱垣廻船《ひがきかいせん》問屋など六十五組におよぶ株仲間を解散すれば、年間で一万数千両におよぶ上納金が失われる。当然のごとく、物流などにも大混乱が生じよう。

「わかっておるわ。されど、米価諸色《しょしき》高騰の元凶は新たな参入者を阻む株仲間のありようじゃ。多少の血は流れても、改革を阻む障壁は除かねばなるまい」

「仰せのとおりにござります。されど、株仲間を解散する以前に、やらねばならぬことがござります」

「何じゃ、それは」

「品位の低い天保《てんぽう》小判や天保銭の濫造《らんぞう》、これを即座に止めさせねばなりませぬ」

果敢な発言に、蔵人介も膝を打ちたくなった。

ことに「天保通寶《つうほう》」と呼ぶ銅貨は、十年足らずのあいだに三千万枚以上も鋳造《ちゅうぞう》され、幕府に十八万両近くの利益をもたらしたものの、質が悪すぎて額面の百文は八十文でしか通用せず、全国津々浦々で偽銭の密鋳《みっちゅう》を許していた。

あらゆる悪事を生むきっかけとなる銅貨鋳造を献策したのは、金座御金改役《きんざおかねあらためやく》の後藤三右衛門である。本来は金貨だけを鋳造するはずの金座が、後藤の差配で銅貨の鋳造まで賄《まかな》っていた。

「それがしに言わせれば、米価諸色高騰の元凶は貨幣の濫造にござります。まやかしのごとき施策を唱えた後藤三右衛門こそ、まずは金座御金改役から外すべきではないかと」

矢部の発言は、的の中心を深々と射抜いていた。

後藤を重用しているのは、誰あろう、忠邦自身である。矢部の指摘どおり、まやかしか詐欺のようなはなしだが、品位の低い貨幣を濫造することによる差益は確実に幕府財政を支えていた。

ぐっとことばに詰まる忠邦に向かって、矢部はここぞとばかりに存念を吐露しはじめる。

「米問屋は米を買い占めて売り惜しみ、わざと値を押しあげようとしております。

諸問屋もこれに合わせ、江戸じゅうが品不足に陥りつつある。すべては私利私欲のためにござります。富める者だけがいっそう肥え太り、貧しい者はじっと我慢の泥沼からいっこうに這《は》いだせぬ。日々の暮らしに汲々《きゆうきゆう》としているにもかかわらず、公儀からはあれも駄目これも駄目と、法令雨下のごとく降らせている。もちろん、贅沢な暮らしを一新し、浮かれた風俗は取り締まらねばなりませぬ。されど、行きすぎた奢侈《しやし》禁止や風俗粛正は一考に値すべきかと存じまする。たとえば、芝居町の一件もしかり、大向こうに陣取る者たちから楽しみを根こそぎ奪うのはいかがなものかと」

「……な、何と、このわしに強意見《こわい》いたすのか……お、おぬしは改革を何と心得る」

忠邦の歯軋りが聞こえてきた。

矢部のほうが五つ年上にすぎぬものの、威厳のある父親に性急な息子が諭されているかのようでもある。

蔵人介は胸の裡《うち》で喝采をおくりつつも、江戸町奉行の高潔さを案じた。

矢部は三百俵取りの番士から立身出世を果たした。栄進のきっかけは火盗改《かとうあらため》加役《やく》のとき、同役の配下で鉄火場を仕切っていた中間頭《ちゆうげんがしら》の捕縛であった。無論、責めは差配役までおよぶ。通常は遠慮するところだが、矢部は「悪事をみてみぬふりはできぬ」と断じきり、迷うことなく中間部屋へ踏みこんだ。

正しいとおもえば、どのような障壁があろうとも、おのれの信念にしたがって突きすすむ。謹厳実直で公正中立、周囲からの信頼も厚い。当然のごとく、そうした人物評は幕政を司《つかさど》る老中の耳にもはいる。みずから提案した改革を大車輪のごとく推進する担い手として、忠邦は小普請組支配の地位で燻《くすぶ》っていた矢部を南町奉行の座に据えたのだ。

抜擢されたのは、八ヶ月前のことである。

忠邦は明晰《めいせき》な頭脳と切れ味鋭い舌鋒をもって幕政を牽引《けんいん》し、正面切って自分に抗うことのできる人物はいないとおもっていたはずだ。慢心と呼ぶべき強引さは、公方家慶の目には頼もしいと映った。家慶の後ろ盾を得られれば、鬼に金棒である。

いざ、茨《いばら》の道を突きすすまんと勇んでいたにもかかわらず、忠犬になるはずの男が面前に立ちはだかるようになった。厄介な障壁と化したのである。忠邦としては、矢部を抜擢したみずからの決断を呪うしかない。

一方、矢部には物事の本質がよくみえている。問われれば堂々と正論を述べ、志の高さをみせつけることこそが奉公なのだと考え、常に、みずからを律して忠臣たらんとつとめてきた。ただ、有能であればあるほど為政者《いせいしゃ》に鬱陶《うっとう》しがられることをわかっていない。

「ともあれ、この儀はあいなりませぬ」

三方領地替えのときと同様、矢部はぴしゃりと言いきった。

重要な案件は評定で五手掛での総意が必要となるので、ひとりでも反対する者がいれば案件は通らない。家慶に直談判して強引に認めさせる手もあるにはあったが、さすがの忠邦も自分だけが責を負わねばならぬ情況は避けたかった。

「相役もあることゆえ、相談のうえで正否を述べよ」

忠邦は粘ったが、矢部はあくまでも追従《ついしょう》を嫌う。

「たとえ相役の遠山《とおやま》どのに諮《はか》って、遠山どのが是《ぜ》とし可となされても、それがしは納得いたしませぬ」

おそらく、相手が家慶であろうと、できぬことはできぬと、はっきり言いきるにちがいない。

幕閣の重臣たちをみまわしてみればわかる。

家慶に理路整然と諫言《かんげん》できるのは、唯一、矢部くらいのものであろう。

北町奉行の遠山左衛門少尉景元《さえもんのしょうじょうかげもと》も信頼のおける人物だが、近頃は世渡り上手なところがめだち、忠邦の顔色を窺うところがある。それに引きくらべ、矢部は亡くなった橘右近にも通じる骨太さを持っており、蔵人介としては親しみを感じていた。

芙蓉之間から別の重臣が顔を出したので、忠邦は何事もなかったように背を向けた。

矢部は遠ざかる背中がみえなくなるまで頭を下げていたが、ふと、顔をあげたときに蔵人介と目が合った。

その途端、はにかんだように微笑む。

おたがい、まったく知らぬ相手ではない。

三方領地替えの正否が取り沙汰されていたとき、蔵人介は橘から防《ふせぎ》の命を受け、庄内百姓たちの代弁役を買って出た公事宿《くじやど》の主人の身を守った。そればかりか、領地替えに異を唱えた七万を超える百姓たちの血判状を敵の手から守り、家慶のもとへ無事に届ける手伝いをした。そのとき、矢部から直に感謝のことばを貰ったのだ。

矢部は何か喋りかけようとしたが、別の重臣に後ろから声を掛けられ、芙蓉之間へ戻っていった。

蔵人介の心中には、喩えようのない不安が渦巻きはじめた。

二

霜月に三の酉《とり》まである年は火事が多く、吉原《よしわら》で異変が勃《お》こる。

巷間の言い伝えにあるとおり、真夜中、吉原で付け火があった。

幸い妓楼《ぎろう》のひとつが半焼しただけで済み、死人や怪我人も出なかったが、縄を打たれたのは十七の遊女だった。

「実家は越後《えちご》の貧しい百姓だそうです」

みなで夕餉の膳を囲んでいたとき、志乃が涙声で喋りはじめた。

「廓《くるわ》暮らしにようやく馴れた娘が好きになったお客に頭を下げられました。父親が重い病を患った。ついては年季を増やして十両前借りしてくれまいかという頼みです。親おもいの娘は他人の父親を自分のことのように案じ、楼主に借金を申しいれたものの、あっさり断られてしまいました。それでもお客にせっつかれ、おもいつめたあげくに帳場から十両を盗み、気づいてみれば火を付けていた。何とも、痛ましいはなしではありませぬか」

十両盗めば死罪、付け火をした者は火炙りの刑に処すると定められている。未遂であっても死罪は免れず、どのような名奉行も罪を減じるのは難しいとおもわれた。

「師走《しわす》の月番は南町、となれば裁く御奉行は矢部さまですね。いかなるお沙汰を下されるのか、期待しながらお待ちしたいと存じます」

蔵人介は箸を措《お》き、溜息まじりに言った。

「養母上、いかに矢部さまといえども、遊女を救うことはできますまい」

「できぬことをやってのけるのが名奉行というもの。市井の人々は情け深いお裁きを期待しているはずです」

志乃は毅然《きぜん》と言いはなち、べったら漬けを齧る。

はなしの接《つ》ぎ穂が失われたところへ、都合よく来訪者があらわれた。

義弟の綾辻市之進《いちのしん》である。

飯田町《いいだまち》　狙《な》河岸《いたがし》の屋敷から小走りに駆けてきたらしく、頬や鼻の頭を赤くさせていた。

志乃や実姉の幸恵と時候の挨拶を交わし、末席の串部には「四角四面の徒目付にしては、あいかわらず丸いお顔ですな」と軽口を叩かれる。折り入って蔵人介に相談したいことがあると言うので、冷え冷えとした客間に案内した。

手焙《てあぶり》に火を入れていると、幸恵が熱燗を運んでくる。

「夕餉の残りだけど」

と言いつつ、芋の煮っ転がしやちぎり蒟蒻《こんにゃく》の煮染めを入れた大鉢も携えてきた。

大食いの市之進は煮っ転がしや煮染めを搔っこむように食べ、つっかえそうになった喉に酒を流しこむ。

「おいおい、少しは落ちついたらどうだ」

蔵人介が呆れたように注意しても、市之進は小腹が張るまで呑み食いしつづけた。

「困ったやつだな」

徒目付は幕臣の粗《あら》を探す役目なので、周囲からは毛嫌いされる。にもかかわらず、嫌われるのがお役目なのだと上からは厳しく諭され、ときには理不尽としかおもえぬような命を与えられた。

親の代から受けついだ役目とはいえ、純情で一本気な市之進には向いていないと言わざるを得ない。しかし、これぱかりは、蔵人介が口を差しはさむようなことではなかった。

「義父上《ちちうえ》のご様子はどうだ」

「何処かへ散策に行ったきり、戻らぬこともござります。嫁の錦《にしき》ともども一晩中捜しまわったあげく、辻番所で焼き芋を頰張っていたことも。他人の面前で失禁することもしばしばなれど、さすがにもう馴れましてござる」

「さようか」

「悪いことばかりではありませぬ。娘の幸《さち》がよく懐いております。ぽっこり突きでた腹と人懐こい顔のせいか、父を『布袋《ほてい》さま、布袋さま』と呼び、太鼓代わりに腹を叩いたりしております」

まだら惚けの父と年端もいかぬ娘が縁側でじゃれ合う様子を眺めていると、市之進は何ものにも代えがたい幸福を感じるのだという。

蔵人介はうなずき、盃に酒を注いでやった。

「ところで、相談とは何だ」

「じつは、上の上から厄介なことを命じられまして」

「上の上とは」

「筆頭目付の鳥居耀蔵さまにござります」

その名を聞いて、蔵人介は顔を曇らせる。

水野忠邦の提灯持ちにして改革の急先鋒、目途のためなら手段は選ばず、密告を奨励したり、気にくわぬ者がいれば罪状をでっちあげたりもする。権力を笠に着て弱い者いじめを繰りかえす唾棄《だき》すべき人物と言ってもよい。

そんな鳥居に、蔵人介も何度か煮え湯を呑まされそうになった。ことに、蘭学者たちを理不尽な理由で拘束した蛮社《ばんしゃ》の獄《ごく》では、実子の鐵太郎が連座の罪で捕縛されかけた。そのときは、本気で斬ろうとおもったほどだ。斬っていれば、命を失わずに済んだ者もあっただろう。たとえば、三河《みかわ》国田原《たはら》藩の家老であった渡辺崋山《わたなべかざん》は、鳥居の讒言《ざんげん》によって国許に幽閉され、先頃、ついに腹を切ったという。

国の行く末をおもえば、広く海外に目を向けるべきだと崋山は説き、蘭学の徒を資金と精神の両面から支えていた。貴重な人材を誣告《ぶこく》によって葬り去った罪は重い。それがわかっていながら手を出さずにいたのは、橘右近から密命が下されなかったからだ。

が、今はちがう。刺しちがえる用意はある。

「義兄上《あにうえ》、お顔が険しゅうござる」

市之進のことばで我に返った。

「命じられたこととは、付け火の探索にござります」

「付け火、吉原のことか」

「いいえ、そちらではなく、芝居町のほうです」

「芝居町と申せば先月の」

「はい」

神無月七日、堺町の中村座から出火し、堀江六軒町《ほりえろつけんちよう》、元大坂町《もとおおさかちよう》、新和泉町《しんいずみちよう》、新《しん》乗物町《のりものちよう》などの一帯を焼失させた火事は、たしかに、何者かの付け火ではないかという噂が立っていた。

それを町奉行所や火盗改の役人でもない徒目付が、どうして今さら調べねばならぬのだろうか。

「じつは、火元となった焼け跡から侍の遺体がひとつみつかりましてね、どうやら、それが南町奉行所の隠密廻《おんみつまわ》り同心らしいのです。まずは、ほとけとなった侍の素姓を確かめねばなりませぬ」

「確かめて、万が一隠密廻りであったら、どうするというのだ」

「隠密廻り同心は町奉行直属のお役、その死を隠しておったとすれば、御奉行の責を問うことになりましょう」

「それは、おぬしの考えか」

「いいえ、鳥居さまがそう仰いました」

「で、あろうな」

「罪をでっちあげ、矢部さまを町奉行の座から逐《お》うつもりなのさ」

「と、仰いますと」

「やはり、義兄上もそうおもわれますか」

ほっと、市之進は溜息を吐く。

鳥居の行状を知っているからこそ、命じられるがままに動きたくはない。だが、動かねば役目に反する。板挟みになることに耐えられず、蔵人介のもとへ相談を持ちこんできたのだ。

「わしにどうせよと」

「指針を与えていただきたいのです。鳥居さまは今や、旺盛な野心を隠そうともなされませぬ。南町奉行の座を狙っておいでなのです。それがわかっていながら、矢部さまを追いおとすようなまねはいたしたくはありませぬ」

芙蓉之間そばの廊下で見聞きした光景が頭を過《よ》ぎった。

矢部定謙を失脚させることは、水野忠邦の願いとも合致する。

だが、鳥居は命じられたのでなく、私怨から動こうとしているように感じられた。

はなしは今から五年近くまえ、大坂で勃《お》こった大塩平八郎《おおしおへいはちろう》の乱まで遡《さかのぼ》る。大坂町奉行所の元与力による叛乱《はんらん》は公儀にとって寝耳に水の出来事であったが、圧政から窮民を救うという主張は人々の広範な支持を集めた。

叛乱は一日で鎮圧されたものの、老中の忠邦は大塩の主義主張に理がないことを証明しなければならなかった。高札場《こうさつば》へ掲げる断罪文の文言に苦慮していたとき、たまさか起用した鳥居の文面が気に入った。

何と、鳥居は「大塩が息子の嫁に貰うはずの娘と密通におよんだ不埒者《ふらちもの》であった」などという事実無根のはなしをでっちあげ、大塩が武装蜂起にいたった大義から庶民の目を逸《そ》らそうとしたのだ。

鳥居はそのとき、西ノ丸の平目付であった。筆を嘗めてつくった断罪文が、出世のきっかけになったのである。

矢部は大坂西町奉行を経て、江戸表で勘定奉行になっていた。大坂では私塾を開いていた大塩とも親しい交流があったという。皮肉にも矢部のあとに大坂東町奉行となったのは、忠邦の実弟でもある跡部山城守良弼《あとべやましろのかみよしすけ》であった。大塩の主張を無視し、騒動の原因をつくった人物にほかならない。

矢部は鳥居が書いた断罪文を目にして、言いようのない憤りを感じたにちがいない。

そうとも知らず、鳥居は信望の厚い矢部に取り入るべく、進物を贈ろうとした。

「おぬしがごとき輩に贈答を受ける謂《い》われはない」

にべもなく突っ返され、大いに恥を掻いたというが、鳥居の人となりに疑念をおぼえていた矢部にしてみれば、当然のことであったろう。

一方、鳥居には私怨だけが残った。「おぬしがごとき輩」と呼ばれ、沸騰しかけた怒りを抑えこむのに苦労したはずだ。それは有能な人物に見下されたことへの居たたまれない心情にほかならず、時を経て権力を手にした今こそ私怨を晴らす絶好機と踏んでいる公算は大きかった。

「ひょっとしたら、鳥居さまはその隠密廻りを付け火の下手人にしたいのかもしれませぬ」

「そうだとしても、描きたい筋書きがわからぬな」

忠邦は公方の家慶にたいして、芝居町が焼失したことを告げるとともに、風紀紊《びん》乱《らん》の元凶なので無くしたい旨を直談判していた。一方、矢部は北町奉行の遠山ども、芝居町の移転を主張してきた。配下の隠密廻りに付け火を命じることはあり得ない。命じるとすれば、むしろ、忠邦の先棒を担ぐ鳥居のほうではあるまいか。

「筋書きなど、どうでもよいのかもしれぬ。配下の隠密廻りが付け火をやった。そのことさえ証明できれば、矢部さまは即座に罷《ひ》免《めん》されようからな」

「ひどいはなしです。されど、それがしもお役目を拒むことは許されませぬ」

「真実が何かを摑むのだ。おぬしにできることは、それしかない」

市之進には告げずにおいたが、蔵人介はみずからも亡くなった隠密廻りのことを調べてみるつもりだった。

三

師走朔日《ついたち》、日本橋は晴天に恵まれ、千代田城の向こうに雪をいただいた霊峰富士をのぞむことができる。

世の中が忙しくなるなか、上質の美濃米を買い占めて炭だと言いはって蔵に貯めていた御用商人がしっぺ返しを受けた。南町奉行の矢部定謙が探索に乗りだし、一時は幕閣のお偉方からの威圧に屈しかけたものの、仕舞いには「蔵ごと炭を買いつけてやる」と豪語し、私財を擲《なげう》って購入した米を炭の代金で庶民に売ったのである。

将軍家への献上米でもある美濃米を正価の二割に満たぬ炭の値で売られた米問屋は大損し、矢部の評判は鰻《うなぎ》登りにあがった。

そのあたりの顚末《てんまつ》を、辻立ちの男が大声で述べたてている。

「一杯食わされた米問屋は豊後《ぶんご》屋藤吉《とうきち》、幕閣のお偉方への嘆願も虚しく面目を失った雄藩は七十二万八千石の島津《しまづ》さまだ。豊後屋はただの米問屋ではござらぬ。全国津々浦々の雄藩に大名貸しをするほどの大店《おおだな》、ことに島津さまとは蜜月ゆえ、公儀も手を出しかねていた。ところが、われらが御奉行は紛うかたなき正義のおひと、米価の高騰を呼びこむ米の買い占めは相成らぬと、閻魔大王よろしく豊後屋へ切りこんだ。詳しい顚末はここに書いてある。波銭たったの一枚で、知りたいことはぜんぶわかっちまう。さあ、買った買った」

木箱のうえに乗った売り手と人垣のあいだを、数多の波銭が飛び交った。

串部は宙に舞った読売を一枚摑み、興奮の面持ちで携えてくる。

「殿、矢部さまはたいそうな人気ぶりですぞ。読売の書きっぷりですと、島津家から頼み事をされたのは水野さまのようですな。矢部さまは老中の脅しにも屈せず、金満家の豊後屋をぎゃふんと言わせた。そういう筋書きにござる」

厳しい奢侈禁止令のせいで、庶民の憤懣《ふんまん》は高まっている。怒りや不満の矛先は幕政の舵を握る水野忠邦にほかならず、忠邦に抗って正義を貫く矢部の雄姿は晴れ舞台で大見得を切る千両役者のすがたと重なった。人々はやんやの喝采を浴びせ、日頃の鬱憤《うっぷん》を晴らそうとしているのだ。

一方の矢部にとっては、けっして喜ばしい情況ではない。忠邦との溝が深まることだけは避けたいはずだ。

「あっ、噂をすれば影とやら、御奉行のお出ましにござりますぞ」

串部の指差すほうをみれば、人集《だか》りができはじめている。

塗りの陣笠をかぶった矢部が栗毛の馬にまたがり、前後に屈強そうな供人たちをしたがえてやってきた。

「よっ、名奉行」

往来から声が掛かる。

どうやら、市中見廻りの最中らしい。

数寄屋《すきや》橋から京橋を経て大路を進み、今から日本橋を渡って神田、小石川、谷中《やなか》、本郷《ほんごう》へと向かうのだろう。

絢爛《けんらん》豪華とはいかずとも、供揃えは大名行列のようでもある。

「威風堂々としておられますな」

串部も感嘆の溜息を吐いた。

蔵人介はひとりだけ、行列から目を逸らす。

さきほどから、往来の片隅に立つ雲水《うんすい》が気になっていた。

かたむけた網代《あじろ》笠のしたには、薄い唇と尖った顎しかみえない。墨染《すみぞめ》衣に手甲脚絆《てつこうきやはん》、首からは袈裟文庫と頭陀袋《ずだぶくろ》をぶらさげ、右手には錫杖《しやくじよう》を握っていた。風体は何処にでもいそうな雲水にしかみえぬのだが、殺気を放っているのだ。

注意してみれば、殺気を放っているのは雲水ひとりではなかった。

食いつめ者とおぼしき浪人どもが人垣に紛れ、じっと息を殺している。

「串部、まずいぞ」

「えっ」

「感じぬか。御奉行が危うい」

串部も雲水や浪人どもに気づき、蔵人介に囁きかけてくる。

「殿、かの雲水、刺客かもしれませぬぞ」

「ふむ」

「どういたしましょう」

いざとなれば、往来に躍りだして防《ふせぎ》となるしかあるまい。

身構えたところへ、行列が近づいてくる。

雲水が右手を口に近づけた。
ぴっと、指笛を鳴らす。
同時に、浪人どもが動いた。
「ぬわああ」
喊声《かんせい》をあげながら、往来へ飛びだしていく。
数は五、六人、物腰から推すと手練ではない。
行列を混乱させるために雇われた連中だろう。
混乱に乗じて止《とど》めを刺す。
それが雲水の狙いなのだ。
――ひひいん。
栗毛が竿立ちになり、供人たちは動揺する。
雲水の指笛を耳にし、串部も動いていた。
往来を駆けぬけ、行列の背後に迫る。
「御免、助太刀いたす」
大声で叫び、浪人のひとりを撲《なぐ》り倒した。
無闇に刀を抜かず、供人たちの面前に盾となって立ちはだかる。

蔵人介は助太刀に向かわず、冷静に雲水の動きを見守った。

「くせものじゃ、御奉行を守れ」

ようやく供人たちは態勢を整え、串部のまわりに集まってくる。

怯んだ浪人どもは、尻をみせて逃げだした。

雲水は舌打ちし、くるっと踵《きびす》を返す。

蔵人介は墨染衣の背中を追いかけた。

「わしはくせものではない。放せ、放さぬか」

串部は供人から羽交い締めにされ、大声で喚《わめ》いていた。

「すまぬ、串部」

蔵人介は助けるでもなく、涼しい顔で雲水を尾行しはじめた。

今にも駆けだしそうな速さで、東海道をまっすぐ南へ進む。

じゃり、じゃりと、錫杖の鐶《かん》が鳴りつづけた。

京橋から新橋《しんばし》を抜け、増上寺《ぞうじょうじ》の杜を右手にみながら金杉橋《かなすぎ》も渡る。

芝《しば》の新馬場には島津家の上屋敷があるので、てっきりそちらへ向かうものと考えていた。

読売にもあった「島津さま」という家名が頭にあったからだ。

先代家斉の正室である広大院《こうだいいん》は、島津家から嫁した姫である。家斉の逝去にともなって落飾し、今は本丸大奥から西ノ丸に移っていた。公方家慶も広大院の威光は無視できないので、幕閣の重臣たちも島津家には気を遣っている。御用商人の豊後屋が島津家を介して目こぼしを頼んでいたとすれば、水野忠邦としても願いを聞き入れないわけにはいかなかったであろう。

だが、願いは届かず、豊後屋は大損し、おまけに大恥を掻かされた。御用商人ひとり助けられずに面目を失った島津家が怒りにまかせ、矢部に刺客を放っても不思議ではない。

ところが、雲水は新馬場のほうへは向かわず、東海道をさらにさきへと進んだ。

そして、高輪車町《たかなわくるまちよう》の手前で東海道を右手へ折れた。

すぐそばには、赤穂浪士に縁のある泉岳寺《せんがくじ》がある。

伊皿子《いさらご》坂を上りきったどんつきには、熊本《くまもと》藩細川《ほそかわ》家の下屋敷がみえた。

海鼠《なまこ》塀の手前を左手へ曲がり、二本榎《にほんえのき》と呼ばれる道を足早に進み、途中の三つ叉で右手へ折れる。

そのさきは白金猿町《しろかねさるまち》、大名屋敷が佇んでいた。

雲水は裏手へまわり、木戸を潜って消えていく。

「ここがねぐらか」

正門に戻ってみると、出格子の片側だけに簡素な番所が築かれている。

五万石に満たぬ大名屋敷のつくりだ。

六尺棒を抱えた門番が、こちらをじっと睨んでいる。

着物には特徴のある家紋が見受けられた。

「細川九曜《くよう》か」

だが、こちらは五十四万石の熊本藩ではない。

三万石の支藩、宇土《うと》藩の下屋敷であった。

何故、矢部の命を狙う者が潜んでいるのか。

考えあぐねていると、叱責の声が掛かる。

「そこの御仁、何かご用か」

顔をあげると門番ではなしに、額の広い重臣らしき人物が立っていた。

「それがしは宇土藩細川家物頭《ものがしら》、矢黒弾正《やぐろだんじよう》でござる」

名乗られた以上、こちらも名乗るしかない。

躊躇《ためら》っていると、矢黒は滑るように身を寄せてきた。

「うっ」

足の運びが尋常ではない。

入身《いりみ》の気配で抜刀しかける。

「お待ちを」

蔵人介は、殺気を呑みこむように吐きすてた。

「それがしの名は矢背蔵人介、幕臣にござる」

矢黒がすっと肩の力を抜き、厳《いか》めしげに尋ねてくる。

「幕臣が当家の屋敷に何用でござる」

「格別な用はございませぬ。ただの散策ゆえ、お気になさらずに」

「その物腰、気配の殺し方、ただの散策ではござるまい。どのようなお役か、差しつかえなくばお教え願おう」

名乗った以上、武鑑《ぶかん》で役名も調べられよう。

蔵人介は観念し、苦笑しながら正直に言った。

「一介の毒味役にござります。誤解をお与えしたようなら、このとおり陳謝いたします。平にご容赦願いたい」

丁寧にお辞儀をし、くるっと背を向けた。

矢黒もさすがに、しつこく追及してこない。

ゆっくり歩きはじめたが、背中に刺すような眼差しを感じて足を止めた。
振りむいてみると、矢黒のすがたはなく、門番だけが木像のように佇んでいる。
刺すような眼差しを投げかけてきたのは、おそらく、矢黒でも門番でもなかろう。
雲水にちがいないと、蔵人介はおもった。
「来るなら来てみるがよい」
正体を明かしたことが、誘い水になってくれるかもしれぬ。
そのことを期待しつつ、田畑の広がる白金村をあとにした。

四

二日後の夕暮れ、芝居町の焼け跡に佇む女がいる。
「だだっ広くて何にもない。ここがあの芳町《よしちょう》だなんてね」
女の名はおふく、串部が足繁く通っていた一膳飯屋の女将だ。
ふっくらした肌も色褪《あ》せ、目の下にはうっすらと隈《くま》ができている。
無理もあるまい。細腕一本で切盛りしていた見世を失ってしまったのだ。
目を瞑《つむ》れば、朱文字で『お福』と書かれた青提灯が甦ってくる。

露地裏の一角に青提灯をみつけると、心が浮き浮きしたものだ。

おふくはかつて、吉原の花魁《おいらん》だった。商人に身請けされたものの、その商人が抜け荷に絡んで闕所《けっしょ》となり、財産も遺さずに病没してしまった。傷心のおふくは裸一貫から一膳飯屋を立ちあげ、何年もかかって繁盛店を築きあげた。

「一瞬で何もかも失っちまった。正直、生きていくのも嫌になりましてね」

蔵人介は慰めようもなく、黙ってはなしを聞くしかない。

かたわらの串部は同情を禁じ得ず、しきりに洟水《はなみず》を啜っている。

額や頰の傷は、捕り方に打たれた痕だろう。役人にいくら説いても誤解は解けず、縄目を受ける寸前でどうにか逃れたが、矢部を襲った浪人たちは取り逃してしまった。

ことばにしたことはないが、串部はおふくに惚れている。

おふくも勘づいてはいるのだが、あくまでも親しい常連のひとりとして接していた。

「串部の旦那はまっさきに駆けつけ、見世から離れようとしないわたしを連れだしてくださった。火の回りは存外に早かったから、逃げおくれていたかもしれません。おかげさまで命だけは拾わせていただきました。今は身ひとつ、薬研堀《やげんぼり》にあるお医者さまの軒先を借りております」

呂庵《ろあん》という老いた町医者のことは、串部もよく知っている。呑んだくれだが腕はよく、患者もそこそこ集まってくる。おふくは軒先を借りるかわりに、呂庵の手伝いをしているらしい。

「それでな、今日来てもらったのは先日のはなしだ」

と、串部が切りだす。

「付け火をやった疑いのある者がいると言ったな。そいつのことを詳しく教えてくれぬか」

「直には知らないんですよ。お殿さまさえよろしければ、ちょいとそこまでご足労いただけませんか」

「もちろん、そのつもりだ」

蔵人介はうなずき、おふくの背中につづいた。

堀留に架かる親父《おやじ》橋を渡り、三人で照降町《てりふりちょう》を突っ切る。

荒布《あらめ》橋も渡って魚河岸を通りすぎ、日本橋の北詰めから日本橋川沿いに一石《いっこく》橋まで進んだ。右手に折れて濠端を歩けば、すぐに金座がみえてくる。そちらには向かわず、まっすぐに竜閑《りゅうかん》橋まで進み、橋を渡って鎌倉《かまくら》河岸のほうへ向かう。そして、錯綜する露地を何度か曲がり、淫靡《いんび》な雰囲気の漂う袋小路へ踏みこんでいった。

串部が不安げに尋ねる。

「おふく、ここは何だ、岡場所か」

「陰間《かげま》の引っ越し先ですよ」

「ああ、なるほど」

芳町には数多の陰間茶屋があった。三座の女形《おんながた》などが営んでおり、高価な遊び代にもかかわらず、それなりに賑わっていた。火事で焼けだされた野郎頭の陰間たちは散り散りになり、何人かが袋小路で細々と商売をはじめたらしかった。

おふくは古びた長屋のひとつに近づき、こんこんと戸を敲《たた》く。

しばらくすると、戸が少し開き、白塗りの若い男が顔をみせた。

「おふく姐《ねえ》さん、お待ちしておりましたよ。さ、どうぞ」

案内してくれた陰間は、おふくの見世で見掛けたことがあった。

串部のほうがよく知っている。

「おぬし、荒之助《あらのすけ》ではないか」

「串部の旦那、おぼえててくださったのね」

「忘れるはずがあるまい。芳町で一番人気のない陰間だからな」

「冗談でも許しませんよ」

ぎゅっと腕を抓《つね》られ、串部は本気で痛がる。

荒之助は大男で、腕っぷしも強そうだった。

「根は乙女なんですよ」

と言いながら、蔵人介に片目を瞑る。

だが、付け火のはなしになると、急に顔色を変えた。

「痘痕面《あばたづら》の鍼《はり》医者がやったのさ。いいや、鍼医者なんて嘘っぱちだ。あいつ、中根《なかね》半六《はんろく》さまの盆《ぼん》の窪《くぼ》に鍼を刺して殺しちまったんだよ。そのあとで部屋に油を撒《ま》いて火を付けた。逃げていく後ろ姿を、わたしはこの目でみたんだ」

凄惨な場面をおもいだしたのか、荒之助はおんおん泣きはじめる。

饐《す》えた臭いのする部屋に落ちつくと、おふくが茶を淹《い》れてきた。

串部は茶をひと口啜り、聞き役にまわる。

「中根半六というのは、おぬしの客か」

「ええ、唯一のご贔屓《ひいき》でした」

「侍だな」

「じつは、南町奉行所の隠密廻りなんです。わたしには素姓を隠してほしいって仰いましたけど」

串部はこちらを振りむき、小さくうなずいてみせる。

中根半六は、市之進の言った隠密廻り同心にちがいない。

それにしても、はなしがずいぶんちがう。

串部も首をかしげた。

「火元は中村座と聞いておったがな」

「わたしの茶屋は中村座の裏にあったんです。だから、そっちが火元にされちまったのでしょう。わたし、中根さまを残しておけなくて、ほとけを負ぶって逃げたんです。でも、途中で煙に巻かれて苦しくなり、道端に放っちまいました。ほとけはきっと、丸焦げになったにちがいない。南無阿弥陀仏、南無阿弥陀仏」

荒之助は役人を毛嫌いしており、中根のことは誰にも喋っていないという。

「姐さんに言われて、旦那たちは大丈夫だって聞いたから。黙っているのが苦しくて、ずっと誰かに喋りたかったんです」

「妙だな」

串部がつぶやいた。

丸焦げで判別のつかない死体の素姓を、どうやって目付筋は嗅ぎつけたのだろうか。

　しかも、中根半六は焼死したのではなく、何者かに殺《あや》められたというのだ。

「中根さまが肩が凝って仕方ないと仰るので、お見世に鍼医者を呼びました。やってきたのは馴染みの鍼医者ではなく、痘痕面の毛坊主《けぼうず》でした」

「毛坊主」

「はい、ぼさぼさ頭の風体は、真宗《しんしゅう》の坊さまみたいで。芳町の界隈じゃみたこともない顔でした。わたしがちょいと目を離した隙に、そいつが鍼で盆の窪を……ええ、ほんとうです、嘘じゃござんせん」

「刺しているところをみたのか」

「いいえ。でも、中根さまの盆の窪に穴があいておりました」

　下手人は周到に狙いをつけ、目途を遂げたにちがいない。

　隠密廻り同心の行動を探り、殺めたあとに火を放つ。

　あらかじめ、そうした筋書きを描いていたのだろう。

　しかも、中根半六を付け火の下手人に仕立てあげるべく、目付筋に密訴したのかもしれない。

　荒之助は「毛坊主」が何度も夢に出てくるという。

「あいつが戻ってくるかもしれない。そうおもうと、朝まで一睡もできなくなっちまうんです」

蔵人介は礼を言い、袋小路をあとにした。

「ああみえて、まだ二十歳《はたち》なんですよ」

「まことかよ」

驚く串部に向かって、おふくは微笑んだ。

「じつの弟も同じなんです。でも、まさか、あんな酷いことがあったなんて知らなかった」

おふくを恐がらせぬように、黙っていたのだろう。

荒之助の心情をおもうと、やりきれなくなってくる。

濠端を歩きながら、おふくは言った。

「お殿さま、焼け跡にはまた、新しい町ができるのでしょうね」

「ふむ。だが、芝居町は二度とできまい。浅草へ移転するらしいからな」

「無くならずに済んだだけ、まだましってものですね」

おふくは立ちどまり、夕陽に煌めく濠を悲しげにみつめた。

「何が悲しいかって、常連のみなさんとお会いできなくなったのが悲しくて仕方ありませんよ」

「新しい見世をはじめる気はないのか」

「まだ、その気になれないんです」

「らしゅうないな」

蔵人介のことばに、串部も乗っかった。

「殿の仰るとおりだ。潑剌《はつらつ》としたおふくは何処へいった。禍福《かふく》はあざなえる縄のごとしと申すではないか。悪いことのあとには、かならず良いことがある。そう信じて、一日一日を懸命に生きていこうではないか」

「串部の旦那にそう言っていただけると、何だか気力が湧いてまいりますよ」

「はは、そうだろう」

胸を張る串部の横で、蔵人介は頭を下げた。

「わざわざ足を運ばせて、今日はすまなんだな」

おふくは恐縮しながら涙ぐむ。

「わたしなんぞに頭を下げるお旗本はおられませんよ。おふたりのお顔を拝見できるだけでも、ありがたいことです」

夕陽を浴びたおふくの横顔を、串部は眩《まぶ》しげにみつめている。

ふたりがいっしょになればよいのにと、蔵人介は素直におもった。

五

数日後、南町奉行所の白洲において、吉原の遊廓に放火した遊女への沙汰が下されることとなった。

裁くのは矢部駿河守定謙である。

この一件が異例の早さで詮議されたのは、世間の注目を浴びたからにほかならない。

小雪のちらつくなか、凍てつく筵《むしろ》に座らされた娘は「取り返しのつかないことをしてしまいました。悔いても悔いきれません。どうか、火炙りにしてくださいまし」と、涙ながらに訴えた。

世間の予想は火炙りか死罪であったが、恩情裁きに一縷《いちる》の望みを懸けていた。

「定法《じょうほう》に則《のっと》り、火炙《いか》りとする」

開口一番、矢部は厳めしげに言いはなったという。

だが、下された沙汰にはつづきがあった。

「罪は罪なれど、親をおもう殊勝《しゅしょう》な気持ちは範としなければならない。よって、お上から金十両を貸与するものといたす。これを親元に送り、年に一朱ずつ返済せよ。返済が終わり次第、刑をおこなうものとする」

娘はわけがわからず、平伏《ひれふ》すしかなかった。

しかし、よくよく考えてみれば、十両の返済が終わるまでに百六十年は掛かる勘定となり、親孝行の娘を火炙りから救う恩情裁きとなった。

多くの人々の喝采を浴びたのは言うまでもない。

矢部定謙は天下の名奉行として、後世まで語りつがれることとなるだろう。

「でもな、喜んでばかりもいられねえ。人気者になれば、そのぶん、やっかみも増えるってもんだ」

賢《さか》しらげに語るのは、着流し姿の遠山金四郎《きんしろう》であった。

蔵人介は金四郎に呼びつけられ、日本橋横山町《よこやまちょう》の『柳川《やながわ》』にいる。

食通のあいだではよく知られた泥鰌《どじょう》鍋屋だ。骨抜きにした泥鰌と笹掻きの牛蒡《ごぼう》を鶏卵でとじた鍋を食わせる。蔵人介はほかの客と顔を合わさずに済む離室《はなれ》へ招かれ、矢部の向こうを張る北町奉行から「内密の相談」を受けていた。

「まあ、一献」

注がれた盃を干し、すぐに注ぎかえす。

肴は海鼠《なまこ》、金四郎はこれに目がないらしい。

「癖のある味が好みでな、人もそうだ。おめえみてえに癖のあるやつがおもしれえ。その点、矢部さまはまっとうすぎる。こうとおもったら曲げねえところがあってな、意地っ張りな性分が仇《あだ》になるかもしれねえ」

「仇になるとは」

「鳥居が動いているのさ」

金四郎は苦い顔で吐きすてた。

「ご存じのとおり、蘭学嫌いの鳥居耀蔵にはでっちあげの才がある。田原藩の渡辺崋山さまも、ついに腹を切っちまったしな。おかげで、堂々と蘭学を学ぶ者もいなくなった。でっちあげが功を奏し、鳥居はほくそ笑んでいるだろうさ」

たとえ町奉行であろうとも、的に掛けられたら危うい。

「中根半六とかいう隠密廻りのことだ。芝居町の火元から、ほとけでみつかった。そいつをどうしたわけか、目付筋が嗅ぎつけやがった。鳥居はどうやら、そいつに付け火の濡れ衣《ぎぬ》を着せてえらしい。無理筋だがな、嘘の証言ならいくらでもつくれる」

矢部の弱みは、火元で亡くなっていた中根半六の死を知りながら隠していたことだという。

「何か不都合なことがあるにちげえねえ」

金四郎とは町奉行になる以前からのつきあいで、厄介な依頼を隠密裡《り》に果たしてやったことも何度かある。窮地を救ってもらったこともあり、信用していないわけではないのだが、蔵人介は荒之助の身を守るために、中根半六が陰間茶屋に通っていた経緯を告げていなかった。

「おれのところの隠密廻りが、中根のことをよく知っていてな、どうも、豊後屋を探っていた節がある」

「豊後屋にございますか」

「美濃米を炭だとほざいて買い占めていた商人のことさ。中根が炭のことを調べあげ、そいつをもとに矢部さまは蔵を暴いてみせた。だとすりゃ、大手柄だ。でもな、豊後屋は大いに恥を掻いたが、お縄にはならなかった。ふつうならお縄になり、闕所の沙汰が下されるはずさ。でも、そうならずに助かった。何故だかわかるか」

「島津さまの口利きがあったからでしょうか」

「なるほど、島津さまが頼むさきとなれば大奥だ。広大院さまのご威光に縋《すが》れば、たいていの無理は通るからな。ただし、見返りが高くつく。御殿女中どもの面倒をあれもこれもみなくちゃならねえ。そうなりゃ、金がどんだけあっても足りねえぜ。おれはな、豊後屋が島津さまではなく、水野さまに泣きついたとみているのさ」

豊後屋藤吉とは、老中首座に泣きつけるほどの大物なのだろうか。

「なかなかの大物だぜ。何せ、日田金《ひたがね》の貸付を任されている」

「日田金」

幕府が有力商人から出資を募り、何年もかかって築きあげてきた融資金のことだ。豊後国の日田代官が差配役に任じられており、台所事情が厳しい四国や西国《さいごく》の大名はことごとく金を借りていた。資金の総額は膨大で、二百万両とも言われている。大名貸しをやっても、ほとんど取りっぱぐれがないので、有力商人は誰もが日田金に資金を投じて運用したがった。

「水野さまは豊後屋を使って、裏金作りをおこなっているとの噂もある。だとすりゃ、直談判しても不思議じゃねえ」

水野忠邦の口添えがあったのか、豊後屋は米の買い占めの件で罰せられなかった。

「大損させて一件落着と言いてえところだが、それだけじゃすまねえ気がする」

「と、仰ると」

「矢部さまは隠密廻りに命じ、美濃米とは別のことを調べさせていたのかもしれねえ。たとえば、抜け荷だ。中根半六はそいつを嗅ぎつけたせいで殺められた」

「殺められたのですか」

惚《とぼ》けて聞くと、金四郎はうなずいた。

「ああ、そいつは確かだ。ほとけは焼けちゃいなかった。検屍《けんし》した南町の同役が盆の窪に妙な穴をみつけた。鍼でやったのさ。下手人は鍼医者に化けていたにちげえねえ」

さすが金四郎、見事な推察である。

蔵人介は、わざと驚いてみせた。

「中根半六なる隠密廻りは、矢部さまのお指図で豊後屋の何かを探っていた。そのせいで、豊後屋の雇った刺客に殺められた。そういう筋書きでございますか」

「まあな」

金四郎はふたりになる機会をつくり、矢部に探りを入れてみたのだという。

だが、矢部は豊後屋について触れようともしなかったし、隠密廻りのことを喋りたがらなかった。逆の立場になれば自分も同じように、秘かに調べていることを相役に教えたりはしない。それゆえ、こちらで勝手に調べるしかないのだと、金四郎は言った。

「付け火の件は、どう解かれますか」

「殺めておいて濡れ衣を着せる。一石二鳥を狙ったのかもしれねえな。そいつが水野さまか鳥居の指図だったとしたら、事は重大だぜ。でもな、たぶん、証明する手だてはねえ」

「豊後屋を吊しあげたら、白状するかもしれませんよ」

「おめえさん、やってくれるかい」

ようやく、金四郎の意図がわかった。

汚れ役を押しつけようという魂胆なのだ。

「先日、白昼堂々、矢部さまは浪人どもに襲われた。命を狙われたんだ。そいつも豊後屋の仕業だとしたら、よっぽど知られたくねえ秘密があるってことさ。できりゃ、そいつも探ってもらいてえ」

「矢部さまの命を狙ったのが、豊後屋の一存でなかったとしたら」

「たしかに、鳥居が関わっている公算は大きい。矢部さまに私怨を抱いているようだしな、どうにかして町奉行の座から蹴落とし、あわよくば自分が取って代わろうとしている。引きずりおろすより、いっそ亡き者にしちまったほうが容易い。鳥居なら、そう考えるかもしれねえ。でもな、あくまでもそいつは憶測さ。憶測でひとひとり殺めるわけにゃいかねえだろう」

金四郎はこちらの顔を意味ありげにみつめ、ふへへと笑ってごまかす。

「おれはな、硬骨漢の矢部さまが好きなのさ。鳥居が相役になることなんぞ、考えたくもねえ。だから、何とかしてえのよ。もちろん、矢部さまもご自身で身を守ろうとなさるだろうが、相手が悪すぎる。鳥居は蛇みてえに執念深え男だ。狙った獲物は逃がさねえ。正面切って戦っても勝ち目のねえ相手には、暗がりから不意打ちを食らわすしかねえだろう。へへ、橘さまなら、どうなされたかな」

ふいに問われ、蔵人介は目を伏せた。

橘に代わって奸臣成敗の密命を与える人物がいるとすれば、金四郎も候補のなかには入れられよう。

だが、おそらくちがう。

金四郎の性分なら、正直に名乗っているはずだ。

「そう言えば、渡辺崋山さまが幽閉されたとき、橘さまが仰っていたぜ。『ときに人は自らの権威を誇示するために強硬な手段を取る。されど、それは衰えゆく権力の裏返しにほかならない』とな。たとえ、水野さまや鳥居が矢部さま下ろしに関わっているとしても、おれには手が出せねえ。だから、おめえさんに頼んでいるのさ。奸臣を成敗するのは得手のはずだろう。へへ、でもな、こいつは密命なんかじゃねえ。おめえさんが勝手に調べて、そうすべきときは決断しなきゃならねえってことだ」

焚《た》きつけておいて逃げるつもりなのか。

「もちろん、はなしを振った以上、できるだけのことはする。でもな、橘さまみてえにけつは持てねえ。そいつだけは言っとくぜ。鳥居みてえな野郎に関わって、せっかく摑んだ町奉行の座を捨てたくはねえんだ。やりてえことはごまんとある。わかんだろう、江戸はおれみてえな男を必要としているのさ。ふっ、正直なはなし、橘さまに代わるおひとがいるなら、顔をみてみてえ。でえち、危うすぎる。命がいくつあっても足りねえかんな」

さきほどから、鍋が煮立っていた。

背開きにした泥鰌は食べやすいが、生きた泥鰌を鍋に入れて蓋をし、地獄の釜なみにぐつぐつ煮るのが泥鰌鍋の醍醐味だとおもっている。

どうにも物足りないと、蔵人介は感じていた。

六

豊後屋の秘密を探り、事と次第によっては拐《かどわ》かしてでも真相を白状させる。金四郎の依頼を果たすためには、豊後屋を事前に調べておく必要があった。蔵人介は公人朝夕人の伝右衛門に事情をはなし、探りを入れてもらった。

「米問屋というよりも、金貸しですね」

伝右衛門が屋敷にあらわれたのは、五日後の夜である。

「しかも、小金を貸すのではない。数千両規模の大名貸しでござります」

やはり、元手は日田金から拠出されているようだという。

西国の島津家などの有力大名はすべて借り手となっており、なかでも借金を踏み倒すことで有名な「貧乏細川」こと熊本藩細川家は大口の客らしい。

「島津家家老の調所広郷《ずしよひろさと》さまはさきごろ、御用商人に二百五十年払いの無利子返済を認めさせました。細川家もまねをして、豊後屋に同様の条件を突きつけたところ、にべもなく拒まれたそうです。細川家は櫨蠟《はぜろう》や楮《こうぞ》などの産地ですが、島津の黒砂糖に勝るような儲け頭はない」

そもそも、貸付金の元手となる日田金は公儀の御墨付で運用するものゆえ、得手勝手に貸付条件を変えられない。公儀運用金の一点張りで突っぱねると、細川家のほうも泣く泣く鉾《ほこ》を納めるしかなかった。

「五十四万石を相手取って、強気なことだな」

「細川家に見限られても痛くも痒《かゆ》くもないのでしょう」

それには理由があると、伝右衛門は指摘した。

大名貸し以外に儲ける手段を備えているのだ。

「遠山さまの読みどおり、高麗《こうらい》人参などの抜け荷をやっている節がございます」

豊後屋はこのところ、幕閣のお偉方へしきりにはたらきかけ、廻船問屋仲間の解散を訴えていた。問屋仲間が解散されれば、面倒な手続きを経ずに、みずからも廻船業に進出できる。そうなれば、抜け荷もし放題というわけだ。

城内で水野と矢部が対峙していた場面をおもいだした。

矢部は株仲間の解散について同意を求められたが、それよりもさきに質の低い貨幣の鋳造を止めさせるべきだと主張していた。水野にとっても豊後屋にとっても、矢部は大きな壁として立ちはだかっているのだ。

「しかも、矢部さまが中根半六に命じて抜け荷を調べさせていたとすれば、豊後屋から命を狙われても不思議ではありませぬ」

伝右衛門のおかげで、やるべき道筋はみえた。

抜け荷の証拠を摑み、悪徳商人を吊しあげるしかあるまい。

豊後屋の店は芝口《しばぐち》にある。伝右衛門と交替で夜だけ張りこむことにしたが、しばらくはこれといった動きもなかった。

怪しい動きがあったのは、張りこみをはじめて三日目の夜である。

豊後屋藤吉は勝手口から外にあらわれ、提灯持ちも連れずに汐留橋《しおどめ》を渡った。大名屋敷のあいだを抜けて築地の御門跡《ごもんぜき》へ向かい、南小田原町《みなみおだわらちょう》を突っ切って内海へたどりついたのだ。

黒い海面には白波が閃き、寒さ橋という呼称もある明石橋《あかし》は風に煽《あお》られていた。

豊後屋は商人らしからぬ身軽な動きで桟橋へ舞いおり、先端まで進んで腕組みをしながら沖を睨みつける。

その様子を、蔵人介は串部とともに遠くから窺った。

「殿、あそこに船灯りが」

細長い荷船が一艘、波に揺れながら近づいてくる。

桟橋に横付けされるや、荷役たちが飛びおり、木箱を下ろしていった。

「高麗人参かもしれませんぞ」

囁いた串部の口を、蔵人介は掌で隠した。

後ろの暗闇から、大八車があらわれたのだ。

別の荷役たちが桟橋に降り、木箱を運びはじめる。

と、そこへ、陣笠をかぶった偉そうな侍がやってきた。

豊後屋とうなずき合い、親しげに会話を交わしはじめる。

侍の顔を、蔵人介は何処かでみたことがあった。

「おもいだしたぞ。あれは矢黒弾正、宇土藩の物頭だ」

「まことにござりますか」

「まちがいない」

木箱の中身を確かめたいが、容易には近づけなかった。

やがて、荷積みは終わり、荷船は桟橋を静かに離れていく。

大八車のほうも離れ、海風の吹きすさぶ明石橋を渡りはじめた。

豊後屋と物頭は一行の先頭に立ち、月明かりだけを頼りに進む。

本湊町を抜け、鉄炮洲へ向かっていくようだ。

蔵人介と串部は充分な間隔を開け、気取《けど》られぬように後を尾けた。

小高い丘のうえに灯っているのは、鉄炮洲稲荷の灯明《とうみょう》であろうか。

大八車の一行は稲荷橋を渡り、そのさきの八丁堀へ向かっていく。

右手の高橋《たか》を渡れば霊岸島《れいがんじま》なので、どちらへ向かうのか見極めねばならない。

一行が稲荷橋を渡りきったのを確かめ、ふたりは駆けだそうとした。

そのときである。

橋の暗がりから、妖《あや》しげな寿詞《よごと》が聞こえてきた。

「どうどうたらりたらりら、たらりあがりららりどう……」

痩せ男だ。

「串部、耳をふさげ」

「はっ」

すでに遅く、串部は金縛りの術に掛かっている。

「……ちりやたらりたらりら、たらりあがりららりどう」

蔵人介は何度か体験しているので術に掛からず、相手のすがたを冷静に捜すことができた。

「おるな、死神め」

稲荷橋の手前だ。

頬の痩《こ》けおちた灰色の顔が、暗闇にぼっと浮かんでいる。面なのか、人の顔なのか、それすらも判然としない。

まさしく、痩せ男にまちがいなかった。

あいかわらず、半眼であの世をみつめている。

蔵人介は足を繰りだし、慎重に間合いを詰めた。

「ふっ、術が効かぬか」

「何故、おぬしがここにおる」

「それはこっちの問いじゃ。豊後屋に何か用か」

「抜け荷の品が知りたい」

蔵人介は正直に応じた。すると、痩せ男は声を出さずに笑う。

「妙ではないか。橘右近は腹を切った。おぬしに密命を与える者はおらぬはず。それとも、代わりがあらわれたか」

「誰かの命で動いているのではない」

「ほう、一存で動いておると。その理由は」

「こたえたら、おぬしも問いにこたえるか」

諾《だく》とも否《いな》とも応じず、痩せ男は不気味に笑ってみせる。

蔵人介は観念したように溜息を吐いた。

「正直に言おう。矢部さまのお命を守るためだ」

「ふはは」

「何が可笑《おか》しい」

「あいかわらず、甘いのう。矢部を救って何になる。もはや、あやつは死に体よ」

「何だと」

「それより、聞きたいこととは何だ」

「はじめの問いだ。何故、おぬしが豊後屋の盾になる」

「何かと便利な商人ゆえ、生かしておいて損はない」

「金座の後藤三右衛門から命じられたのか」

「ふふ、後藤は気前が良いぞ。雇い主にしておくには、ちょうどよい男だ」

「後藤は何故、豊後屋を守ろうとするのだ」

「日田金さ。後藤は日田金に大金を注ぎこんでおってな、豊後屋に今死なれては困るらしいのよ」

吞みこんだ。が、問いたいことは山ほどある。

「豊後屋め、宇土藩の物頭とつるんでいるようだな」

「ほう、そこまで調べたか。矢黒弾正は豊後屋の娘を養女にしておる。末は殿さまの側室にする肚でな。ふたりは一蓮托生《いちれんたくしょう》なのだ」

「読めたぞ、宇土藩の御用船を抜け荷の隠れ蓑《みの》に使っているわけか」

「矢黒は雲弘流《うんこう》の遣い手、侮れぬ相手ぞ。しかも、手練の毛坊主を一匹飼っておる。是空《ぜくう》と申してな、こちらは三宝院流《さんぼういん》の遣い手じゃ。むふふ、おぬしにとって手強い連中になろうぞ」

蔵人介は、さっと身構える。

「ここで決着をつけぬ気か」

「決着なら、いつでもつけられる。橘右近亡きあと、おぬしや矢背家の連中がどういった末路をたどるか、今少し眺めていよう」

「何故、矢背家にまとわりつく。おぬしはいったい、何者なのだ」

それこそが、もっとも知りたい問いであった。

痩せ男はせせら笑い、動く気配もみせずに離れていく。

「以前にも言うたはずじゃ。知らぬほうがよいこともある。されど、ひとつだけ教えてやろう。矢部は近々、毛坊主に殺められるぞ」

「何だと」

「付け火の女郎が解きはなちになる。町中が歓喜に沸きあがるなか、矢部は人知れず死んでいく。ふはは、おぬしに阻めるかどうか、見物だな」

高笑いとともに、死に神は暗闇に消えた。

と同時に、術の解けた串部がばたりと地べたに倒れる。

蔵人介は振りむきもせず、痩せ男の意図を探っていた。

七

三宝院は京伏見《ふしみ》にある真言《しんごん》宗《しゅう》醍醐《だいご》派の門跡寺院で、修験道《しゅげんどう》当山《とうざん》派の総本山としても知られていた。この院名に因《ちな》んでつけられた流派には、錫杖や如意《にょい》棒《ぼう》や独鈷《とっこ》杵《しょ》などの法具を使った武術が伝えられているのだが、奥義のなかには医術の鍼を使った秘鍼《ひしん》もふくまれていた。

是空なる刺客は、秘鍼の術を使って中根半六を仕留めたにちがいない。

荒之助や痩せ男の口走った「毛坊主」とは、見掛けからくる蔑称《べっしょう》であろう。

伝右衛門は豊後屋に探りを入れ、抜け荷の中身が高麗人参であることを突きとめた。

荷は新酒を詰めた酒樽の底に隠され、樽廻船で上方《かみがた》から運ばれてくるという。品《しな》川《がわ》沖に碇《いかり》を下ろす樽廻船から荷船に積みかえられ、酒蔵の並ぶ霊岸島の新川《しんかわ》河岸へ下ろされるのだ。

抜け荷はひとつところに留めおかず、すぐさま闇の販路へさばかれる。したがって、証拠を摑むのが難しい。明石橋の桟橋でみた木箱は、先行して運びこまれた抜け荷のほんの一部らしかった。

「豊後屋のおこなっている抜け荷こそ、矢部さまのお知りになりたかったことにござりましょう」

伝右衛門の言うとおりだが、矢部に注進するかどうかは迷うところだ。

捕り方が下手な動きをみせた途端、狡猾《こうかつ》な相手は雲隠れしてしまいかねない。

しかも、豊後屋は捕り方を警戒するどころか、町奉行の命まで狙おうとしている。

ただし、それは痩せ男のことばを信じればのはなしだ。

「罠かもしれませぬぞ」

と、串部は苦々しげに吐いた。

自分だけ金縛りにされたのが、よほど口惜しいのだろう。

だが、一理ないこともなかった。

矢部の命を狙いつつ、一方では防《ふせぎ》となる蔵人介たちを炙りだして排除する。

敵がそう考え、何らかの罠を仕掛けていることも否めなかった。

たとえ、そうであったとしても、放ってはおけない。

付け火の遊女が小伝馬町《こてんまちょう》の牢屋敷から解きはなちになったのは、痩せ男と対峙した夜から四日後、十七日のことだった。

小伝馬町の周辺のみならず、江戸のいたるところで読売が配られ、解きはなちを知った人々のあいだから歓喜の声が沸きあがった。まさに、痩せ男の言ったとおりになったわけだが、このとき、南町奉行の矢部定謙は雪の衣を纏った浅草寺《せんそうじ》にいた。

浅草に移転した芝居町の検分に向かう途中、火伏せ祈願も兼ねて立ちよったのだ。

境内では歳《とし》の市《いち》が催されており、門松《かどまつ》や注連縄《しめなわ》などの正月飾りを求める人々で賑わっている。江戸一の繁華を誇る奥山《おくやま》は立錐《りっすい》の余地もないほどで、見世物小屋や食べ物屋がずらりと並び、歳末を彩る賑やかしの連中も随所に見受けられた。

矢部は愛馬の栗毛にまたがり、五十人余りの供人をしたがえ、賑わいのなかへ颯爽と進んでいく。

人々はみな、遊女が解きはなちになったことを知っていた。

恩情裁きをおこなった自分たちの町奉行を、地鳴りのような歓声をもって出迎えたのだ。

「よっ、日の本一の名奉行」

参道から威勢のよい掛け声が飛ぶなか、蔵人介は馬尻を追いかけている。

串部と伝右衛門も先行し、さきほどから周囲に警戒の目を配っていた。

堅固《けんご》な供揃えであっても、数多の群衆に囲まれれば隙が生じてくる。

それでも、一行はどうにか無事に奥山の視察を終え、仁王門まで戻ってきた。

みすぼらしい着物の節季候《せきぞろ》たちが割竹やささらを鳴らし、門前で剽軽《ひょうきん》に踊っている。

「さっさござれや、節季候え、まいねんまいねん、まいとしまいとし、旦那の旦那の、御庭へ御庭へ、飛びこみ飛びこみ、跳ねこみ跳ねこみ、さっさござれや……」

先触れの小者《こもの》たちが駆けより、節季候たちを両脇へ退けようとする。

つぎの瞬間、陽気な連中の顔から表情が消えた。

「ぬおっ」

隠し持っていた刃物を取りだし、一斉に襲いかかってくる。

「ぎゃああ」

小者数人が血祭りにあげられ、逃げまどう群衆たちの悲鳴が響いた。

節季候に化けた刺客の数は、十人や二十人ではきかない。

しかも、かなりの手練揃いだ。

「すわっ」

蔵人介は抜刀し、節季候のひとりを斬りふせた。

串部も両刃の同田貫を抜き、瞬く間にふたりの臑を刈る。

「ぎゃっ」

「ぬひぇっ」

断末魔の声や怒声が錯綜し、門前は混乱の坩堝《るつぼ》と化す。

伝右衛門は栗毛の脇へ走り、矢部の身を守ろうとしていた。

蔵人介は剣戟《けんげき》を重ねながら、荒之助の言った「痘痕面の毛坊主」を必死に捜す。

それらしき者は何処にも見当たらない。

「駿河守め、死ぬがよい」

大柄の節季候が、如意棒を振りまわしながら迫ってきた。

——ひひぃん。

馬が嘶《いなな》き、竿立ちになる。

矢部は振りおとされ、踏みかためられた雪道に落ちた。

蔵人介は助けに走り、如意棒の男を一刀で袈裟懸けにする。

ばっと、鮮血が散った。

矢部は昏倒《こんとう》している。

「串部、串部」

大声で呼びかけると、返り血を浴びた串部が駆けてきた。

「殿、ただいま参上いたしました」

「御奉行を背負って奥山へ逃げよ」

「はっ」

串部は矢部を抱き起こし、後ろから羽交い締めにして活《かつ》を入れた。

気づいた矢部は、苦悶《くもん》の表情を浮かべる。

肋骨でも折ったのだろうか。

串部は手拭いを裂き、矢部の胸をきつく縛った。

ひょいと背負い、そのまま二、三歩後退る。

「殿、さればおさきに」

「ふむ、早う行け」

与力や同心たちも一部は護衛についた。

伝右衛門も駆けより、しんがりに従《つ》く。

蔵人介だけは残り、壁となって敵を阻んだ。

しかし、斬っても斬っても、新手の節季候が降って湧いたように迫ってくる。

やがて、味方の捕り方は斬られるか逃げるかし、蔵人介だけが孤軍奮闘している情況になった。

参詣客は遠くに逃れ、参道には屍骸《むくろ》や怪我人が点々としている。

灰色の空には、鳶《とび》が何羽も旋回していた。

それでも、蔵人介は闘いつづけねばならない。

奔流となって迫る敵に対峙し、堰《せき》となる覚悟はできていた。

——ばさっ。

またひとり、節季候を斬りふせる。

別のひとりが手槍を突きかけてきた。

——ばきっ。

けら首を断ち、相手の胸を薙《な》ぎあげる。

鮮血が雨と散り、顔面に降りかかった。

と、そのとき。

「ぴっ」

唐突に、指笛が鳴った。

節季候の影が煙と消え、雷門のほうから別の一団がやってくる。

黒羽織の役人たちだ。

仁王立ちの蔵人介をみつけるや、抜刀しながら身を寄せてきた。

「下手人じゃ、駿河守さまを襲った下手人じゃ」

誰かが後方から、大声でけしかけている。

「ん」

固唾《かたず》を呑んだ。

けしかける者の正体がわかったのだ。

「……と、鳥居耀蔵か」

抜刀した連中は、鳥居配下の徒目付たちであった。

義弟の市之進を捜したが、一団のなかにはいない。

——罠かもしれませぬぞ。

串部のことばが脳裏を過《よ》ぎる。

「神妙にいたせ」

木っ端《こっぱ》役人に指図されるまでもない。

蔵人介は血振りを済ませ、鳴狐を黒鞘に納めた。

「それ、捕縛せよ」

鳥居に命じられ、役人どもが殺到する。

鬼役ひとりを捕まえるのに、これだけの罠を仕掛けたというのか。

しかも、何故、筆頭目付の鳥居耀蔵がわざわざ出向いてきたのか。

あらかじめ矢部が襲われることを知っていたかのように、満を持して出向いてきた理由が知りたい。

やはり、鳥居と豊後屋は裏で繋がっているのではあるまいか。

蔵人介は後ろ手に縛られながら、みずからに問いつづけていた。

八

蔵人介は五日のあいだ、小伝馬町の牢屋敷内に留めおかれた。

待遇は悪くない。御目見得以上の旗本には揚がり座敷のひと部屋が与えられ、身のまわりの世話をする罪人もひとりつく。食事は一汁一菜だが膳に載せて出されるし、責め苦を受けるわけでもないので、退屈なこと以外は不満もなかった。

ただ、何らかの罰を与えられる覚悟はできている。

一度牢屋敷に繋がれた旗本が無事でいられるはずはない。役目への復帰はあきらめねばなるまいし、御役御免のうえで改易とされるかもしれなかった。濡れ衣だとわかっていても、何らかの罰を科して体裁をととのえぬかぎり、幕府も面目を保つことができなくなる。誤って捕縛した側も無事では済まないはずなので、鬼役に復帰する道はないものと考えたほうがよかった。

ともあれ、外の出来事は何ひとつわからずに無為な時を過ごしていると、囚獄《ひとや》の石出《いしで》帯刀《たてわき》がみずから誰かを連れてきた。

顔をみせたのは、義弟の市之進である。

「義兄上、解きはなちにござります」

窶《やつ》れた顔で意外な台詞を吐き、石出のほうを振りむいた。

石出はすかさず小者に命じ、着替えと二刀を持ってこさせる。

「されば、それがしは残りの手続きを。お仕度を整えて、しばしお待ちくだされ」

老練な囚獄は気を遣い、ふたりを残して部屋から去る。

蔵人介は木綿の仕着せを脱ぎ、真新しい下帯を締めて内着と黒羽織を身に着けた。

いずれも幸恵が市之進に託したもので、黒羽織の襟をきゅっと締めた途端、鬱々《うつうつ》とした気分は吹きとんだ。

「何から説いたらよいものか」

市之進はぺたりと座りこみ、俯《うつむ》いて考えこむ。

「わしに罰はないのか」

問いかけると、泣きそうな顔を持ちあげた。

「ござりませぬ。今までどおり、お役に就くこともできましょう」

「解せぬな。それで、目付はよいのか」

「誤って捕らえた咎《とが》を、出役に随従した与力が負うことになりました」

「鳥居さまのお指図か」

「はい。その与力はお役を辞しても、生涯、食うには困りませぬ。何でも、豊後屋が面倒をみるそうで」

「ふん、やはり、豊後屋と繫がっておったか。おぬしの上役は汚いやつだな」

それにしても、よくぞ解きはなちになったものだ。

奉行の矢部本人が、はたらきかけてくれたのであろうか。

「志乃さまが懇意になさっておられた島津家のご重臣を訪ね、大奥へのお口添えを懇願なされました。されど、義兄上にお咎めなしのお沙汰が下されたのは、そちらの筋からではございませぬ。何処からか、みえない力がはたらいたのです。ひょっとすると、亡くなった橘さまのご威光なのではないかと、志乃さまや姉上は仰せでした」

何者かが公方家慶にはたらきかけ、鶴の一声で決まったのであろう。それ以外には考えられぬ。少なくとも、鳥居はおもいどおりにならず、地団駄を踏んだにちがいない。蛮社の獄で繋がれた者たちの悲惨な末路をみれば、何ひとつ咎めもなく解きはなちになるのは奇蹟というよりほかになかった。

橘右近に代わる何者かの影を、蔵人介は感じざるを得ない。

「鳥居さまはさぞかし、不満であろうな」

「いいえ、まったく。鳥居さまは上機嫌にございます」

「ほう、それは何故だ」

市之進は、むっつり黙りこむ。

嫌な予感がした。

「どうした、何かあったのか」

「言い辛いことにございます。昨日、矢部さまが罷免《ひめん》されました」

「えっ」

あまりの衝撃に、蔵人介はことばを失った。

市之進は畳をみつめ、早口で経緯を告げる。

「隠密廻りの中根半六どのが付け火をやったという筋書きは、誰もが考えるとおり、いささか無理筋にすぎました。それゆえ、鳥居さまは六年前に年番方《ねんばんかた》与力が不正をはたらいた件を持ちだされたのでござります」

日本中が飢饉《ききん》に苦しんだ五年前の南町奉行は、昌平黌《しょうへいこう》きっての秀才と言われた筒井伊賀守政憲《つついいがのかみまさのり》である。町奉行を二十年以上もつとめ、和蘭陀商館長《オランダカピタン》の随員だったシーボルトがご禁制の地図を持ちだそうとした一件や表坊主の河内山宗春《こうちやまそうしゅん》が水戸《みと》家を騙そうとした一件を裁いた。

筒井は幕府からお救い米の買いつけを命じられ、年番方与力の仁杉弥兵衛《ひとすぎやへえ》に指揮を任せた。仁杉は早急に全国から米を掻き集め、お救い小屋で施粥《せがゆ》するなどして飢民を救ったが、このときに使った余分な出費を帳面に載せずにごまかした。

当時、矢部は勝手方《かってかた》の勘定奉行だったので、右の裏事情を知らぬはずはなかった。にもかかわらず、自身が南町奉行に就任したあと、帳面操作のことで筒井や仁杉を糾弾しなかった。帳面の軽微な改竄《かいざん》はよくあることだし、下手に騒ぎたてれば肝心の役目に支障をきたす恐れもあった。それゆえ、見逃してやったのだ。

「ところが、これが不正隠しとみなされたのでござります」

「五年もまえの帳面を、よくぞ調べあてたな」

「鳥居さまの執念にござりましょう。もちろん、矢部さまのお立場からすれば、言いがかりにござります。されど、ご老中の水野さまはお認めになりました。矢部さまのお役を解き、早急に詮議に掛けよと」

忠邦は引導を渡したのだ。

もはや、矢部は逃れられまい。

蔵人介は、やりきれないおもいを抱いた。

何故、一介の鬼役は助かり、八ヶ月前に就任したばかりの南町奉行が落ち度もないのに裁かれねばならぬのだ。

こののち、矢部の詮議は評定所で取りおこなうこととなる。

詮議の役を担ったのは、遠山左衛門少尉景元にほかならない。

観察役の鳥居がかたわらで睨みを利かせていたので、優しいことばのひとつも掛けられなかった。

南町の新旧両奉行に沙汰が下されたのは、約ひと月後のことである。

仁杉なる与力の不正を見逃したかどで、筒井は「御役御免のうえ差控《さしひかえ》」となり、一方の矢部は「御家断絶のうえ桑名《くわな》藩へ永預《ながあず》け」とされた。当時の町奉行であった筒井が軽い罪で済んだのにくらべて、後任の矢部は理不尽としか言いようのない重罪である。邪魔者は徹底して排除するという忠邦の意図がはたらいたのだ。

矢部は五月半ばに桑名藩の御用屋敷で幽囚《ゆうしゆう》の身となり、幽閉から二ヶ月ののちに死去した。二十日余りものあいだ、何ひとつ口にせず、汚れた裃《かみしも》を着けた恰好で端座《たんざ》したまま亡くなったともいう。絶食したのちの憤死であった。

清廉潔白な名奉行に、そのような壮絶な死が待っていようとは、蔵人介も市之進も予想すらできなかったにちがいない。

「矢部さまのご後任には、鳥居さまが就かれます」

市之進が苦々しげに漏らしたところへ、囚獄の石出が戻ってきた。

蔵人介は立ちあがり、重い足を引きずるように冷たい廊下を渡る。

戻された二刀を腰に差し、牢屋敷の外へ出ると、串部とおふくが待っていた。

「殿、ご苦労さまにござりました」

「ふむ」

串部が涙ぐむかたわらで、おふくは目を泣き腫《は》らしている。

何か不幸なことでもあったのだろうか。

「お殿さま、荒之助が死にました」

「何だと」

「昨夜、何者かに殺められたのでございます」

おふくは嗚咽《おえつ》を漏らし、串部がはなしを引きとった。

「鉞ではなく、頭を粉々に潰されておりました。おそらく、如意棒でやったのではないかと」

「是空か」

「口封じにございましょう。荒之助が案じたとおりになりました」

おふくは荒之助を、じつの弟も同然に可愛がっていた。

失ったものの大きさに耐えきれず、串部に支えてもらってどうにか立っている。

中根半六殺しについては、自分の意志でやったのか、それとも誰かに命じられてやったのか、真相は豊後屋に問うしかあるまい。ただ、はっきりしているのは、悪党どもが罪もない荒之助の命を虫螻《むしけら》のように奪ったということだ。

「鳥居めは望みを果たしました。矢部さまに取って代わることは、すでに何日もまえから定まっていたことなのでしょう。そのために邪魔者は、われらもふくめてすべて省こうとしたのでございます。されど、さしもの鳥居も殿には手が出せなかった」

串部も期待するとおり、解きはなちになった鬼役の恐ろしさをみせつけてやらねばなるまい。

「けっして、許すわけにはまいりませぬぞ。豊後屋も毛坊主も宇土藩の物頭めも、鳥居耀蔵とて許すことはできませぬ」

小伝馬町の殺風景な往来には、風花がちらちら舞いはじめた。

縄目を解かれた今の自分は、いつものような冷静さを欠いている。

それがわかっていながらも、衝きあげる怒りの感情を制御できない。

事と次第によっては、鳥居耀蔵と城内で刺しちがえてもよいと、蔵人介は本気でおもった。

九

芝居町の付け火について、新たにわかったことがあった。

豊後屋藤吉は中村座の金主《きんしゅ》になろうとして、座頭《ざがしら》の七代目市川團十郎《いちかわだんじゅうろう》から拒まれていたというのだ。

「中村座に関わりのある連中のあいだでは、もっぱらの噂にござります」

串部によれば、秋興行の演し物は義太夫《ぎだゆう》物と定まっているのに、豊後屋は弥生《やよい》興行で演る『助六《すけろく》』を團十郎にやらせようとした。無粋な要求がにべもなく断られると、酒席で悪酔いしたあげく、腹いせに「火を付けてやる」と叫んだらしかった。

團十郎や座付きの者たちから小莫迦《こばか》にされたことが、よほど口惜しかったのだろう。酔った勢いで吐いた戯れ言などではなく、豊後屋は是空に命じてほんとうに火を付けさせた。

芝居町を丸ごと焼いてしまえば、水野忠邦の心証もよくなる。そうおもったかどうかはわからない。鳥居耀蔵に命じられてやった証拠もないが、抜け荷を探る矢部定謙配下の隠密廻りを亡き者にし、付け火の濡れ衣を着せようとしたことはあきらかだ。

二日後の夜、蔵人介は串部とともに霊岸島の新川河岸まで足を運んだ。

豊後屋藤吉は抜け荷の受けとりに立ちあったあと、宇土藩物頭の矢黒弾正らといつも酒杯をあげる。その料理茶屋が大川端《おおかわばた》にあることを嗅ぎつけたのだ。

夜空には月がある。

吹きすさぶ横風は地べたを嘗め、薄く積もった雪を煙と舞いあげていた。
——ひゅう、ひゅう。
聞こえてくるのは虎落笛《もがりぶえ》であろうか。
茶屋を囲う竹垣が風に激しく揺れている。
打ち寄せる白波は牙となって閃き、凛烈《りんれつ》とした風景を際立たせていた。
白い息は凍り、肌が痛いほどの寒さだが、胸には怒りの炎が燻《くすぶ》りつづけている。
「殿、毛坊主はそれがしに」
串部は懇願した。
おふくの悲しみを背負い、荒之助の仇討ちに挑む気なのだ。
「よかろう」
うなずいてはみたものの、是空の力量は判然としない。
串部の勝ちを念じつつ、蔵人介は温石《おんじゃく》を渡してやった。
茶屋のそばには、焚火が築かれている。
のたうちまわる炎のまわりには、人影が三つあった。
月代《さかやき》も髭も伸ばした連中だ。豊後屋に雇われた用心棒たちであろうか。
仕官の手蔓《てづる》とてなく、望まぬ道へ逸れるしかなかったのかもしれない。食うために悪事を重ね、迷いながらも修羅道を歩んできたのだとすれば、すんなりと引導を渡すことは躊躇われよう。

されども、真実を確かめる手段は持ちあわせていなかった。

豊後屋に金で雇われたことがおのれの宿命《さだめ》とあきらめ、あの世へ逝ってもらうよりほかにあるまい。

蔵人介は袂《たもと》と裾を風に靡《なび》かせ、ずんずん間合いを詰めていった。

こちらに気づいた連中は身を強ばらせ、焚火から離れて抜刀する。

「おぬし、何者だ」

誰何されても、蔵人介は歩みを止めない。

「死ね」

ひとり目が右八相に構え、袈裟懸けに斬りつけてきた。

胸先で軽々と躱し、擦れちがいざまに鳴狐を抜きはなつ。

――ばすっ。

抜き胴でひとり目を倒し、ふたり目は瞬時に喉笛を裂いた。

噴きだす鮮血をかいくぐり、突きかかってきた三人目の眉間を斬る。

「のひょっ」

断末魔の声もない。
いずれも一刀、瞬殺であった。
――ひゅん。
血振りの刃音と風音が重なり、別の金音が聞こえてくる。
――じゃり、じゃり。
如意棒の鐶《かん》にまちがいない。
音のするほうへ目を向ければ、網代笠の雲水が悄然《しょうぜん》と佇んでいる。
「ぬおっ」
後方で串部が唸り、疾風となって駆けだした。
雲水は網代笠を宙に抛り、こちらも砂を蹴りあげる。
双方は身ごと激突し、反撥しながら離れた。
串部は地に這い、雲水は中空に跳んでいる。
蔵人介は助太刀もせず、対峙するふたつの影を睨みつけた。
「是空とやら、おぬし、荒之助を殺めたな」
串部の問いかけに、是空は乾いた笑いで応じる。
「陰間の情夫《いろ》か。ならば、そばへ逝ってやるがよい」

「ひとつ聞く。殺しを命じたのは豊後屋か」

「ふん、阿漕《あこぎ》な商人の命など聞かぬ。わしを動かすことができるのは、矢黒弾正さまだけじゃ」

「物頭に抱くのは忠節か、それとも、恩義か」

「薩摩の隠れ念仏と知りながら、雇うてくれる者などおらぬ。されど、矢黒さまだけはちがった。わしの力量を高く買い、力量に応じた報酬も払うてくれた」

串部は、ぺっと唾を吐く。

「とどのつまりは金か」

「おぬしらとて、同じではないのか。金で雇われておるのであろう」

「おあいにくさま、金では動かぬ」

「ふん、莫迦らしい。おぬしら、刺客なのであろう。わかっておるのだぞ、公方の鬼役が裏では人斬りを請けおっておることはな」

「さような戯れ言、誰に聞いた」

「痩せ男じゃ。鬼役はかならず来ると言うておったわ」

「何故、痩せ男を知っておる」

「ふらりと向こうからあらわれたのよ。敵か味方かもわからぬ輩じゃが、天保小判の詰まった千両箱をひとつ置いていった。南北ふたりの町奉行を殺めるための仕度金だそうじゃ。南のほうは仕損じたが、北のほうはまだ残っておる。おぬしらを始末したら、ゆっくり料理してやるさ」

矢部のみならず、遠山の命をも狙っているのか。

串部の疑念は、蔵人介の疑念でもあった。

金の出所は、金座の後藤三右衛門であろう。

ただし、町奉行殺しが誰の企てなのかは判然としない。

串部は叫んだ。

「悪党を斬るのに金なぞいらぬ」

「吠えるな」

是空は如意棒を構えなおし、じりっと躙りよる。

「おぬし、わしに勝つ気でおるのか。めでたい男じゃ」

「悪党坊主め、あの世で念仏でも唱えるがよい」

ふたりは砂を蹴った。

両刃の同田貫と如意棒がぶつかり、臙脂《えんじ》の火花を煌めかせる。

ふたつの影が激突しては離れ、波打ち際のほうへ遠ざかった。

串部も是空も肩で息をし、水飛沫をあげながら闘いつづける。

串部がかなりの手傷を負ったことは、遠目からも把握できた。

が、蔵人介は動かない。

動くのは骨を拾うときだと決めている。

「くわっ」

是空は獅子吼《ししく》し、如意棒を頭上で二度三度、旋回させた。

まともに受ければ、同田貫はへし折られるにちがいない。

ところが、串部は逃げようとしなかった。

「終わりじゃ」

是空の振りおろした如意棒を十字に受け、そのまま水中に沈んでしまう。

「串部……」

蔵人介は身を乗りだす。

つぎの瞬間、是空が前のめりに倒れた。

同田貫ごと串部の脳天を叩き割ろうとしたとき、ほんのわずかだけ足を砂にとられたのだ。

それがすかしとなり、水中の串部に反撃の機会を与えていた。

――ざばっ。

牙を剝いた大波が打ち寄せてくる。

刈られた是空の右臑が波にさらわれ、意志を失った是空の屍骸も暗い水面に流されていった。

濡れ鼠となった串部がむっくり起きあがり、幽鬼の足取りで近づいてくる。

蔵人介はうなずきもせず、くるりと背を向けた。

ばちばちと音をたてる焚火の脇を通りぬけ、ゆっくりとした足取りで表口へ進んでいく。

誘っているかのように、引き戸は開いていた。

土間に一歩踏みこむと、鼻先に漆黒の闇がある。

内はしんと静まりかえり、奉公人たちの影はない。

もはや、料理茶屋ではなかった。

あきらかに、獲物の殺気がわだかまっている。

蔵人介は跫音を忍ばせて廊下を進み、無間《むけん》地獄へとつづく大階段を上りはじめた。

十

階段を上りきり、二階の廊下を踏みしめる。

——みしっ。

わずかな軋《きし》みに、人の気配が揺れた。

矢黒弾正の使う雲弘流は、声無き剣とも言われる。

針ヶ谷夕雲《はりがやせきうん》の無住心剣術《むじゅうしんけんじゅつ》を基《もと》にし、たがいに無傷のまま分かれる「相抜け」を理想としていた。ただし、相抜けは狙ってできるものではなく、実力の拮抗《きっこう》した名人同士にしか通用しない。

ことに肥後《ひご》一帯で盛んな同流は、あらゆる流派のなかでも屈指の峻烈さをもって知られており、それだけに蔵人介は慎重に構えねばならなかった。

天井に近い明かりとりから、月影が射しこんでいた。

殺気は奥の部屋から漏れている。

黒光りした床に跫音を忍ばせ、少しずつ近づいていった。

突如、両開きの襖《ふすま》障子が倒れ、人影がひとつ躍りだしてくる。

蔵人介は抜刀した。

「ふん」

冷静に相手の動きを見極め、袈裟懸けに斬りふせる。

「ひぇっ」

壁に鮮血が散った。

矢黒の配下であろうか、斃死《へいし》したのは月代頭の侍だ。

蔵人介は納刀し、屍《しかばね》をまたぎこえた。

「しぇい」

気合いとともに、ふたり目が突きかかってくる。

――きいん。

抜き際の一刀で弾き、返す刀で脇胴を斬った。

血振りを済ませ、ふたたび鳴狐を鞘に納める。

十畳ほどの部屋に、灯りは灯されていない。

それでも、斜めに射しこむ月光が、床の間を背にしたふたつの影を蒼々と照らしだしている。

「よう来たな」

前面の矢黒弾正が低い声で言った。

背後に隠れているのは、豊後屋藤吉であろう。

「矢黒さま、あやつが鬼役にござりますぞ」

「ああ、わかっておる。幕臣随一の剣客と聞いておったが、噂に違《たが》わぬ力量じゃ。むふふ、久方ぶりに腕が鳴りよるわい」

蔵人介は前屈みになり、爪先を躙りよせた。

「おぬし、田宮流の居合を使うそうじゃのう」

「痩せ男に教わったのか」

「さよう。あやつは何でも知っておる。されど、信用のできぬ男ゆえ、おぬしのことはこの目でみるまで半信半疑であった。まさか、公方さまの毒味役が人斬りであろうとはのう」

「おぬしらは抜け荷に手を染め、嗅ぎつけた隠密廻りを亡き者にした。しかも、芝居町を焼きはらい、罪なき者たちに災禍をおよぼし、恐れ多くも町奉行の矢部駿河守さまのお命まで奪おうとした。さらに忘れてならぬは、荒之助という陰間を口封じのために殺めさせたことだ」

「罪状を並べたてて何になる。わしらに引導を渡す理由でも探しておったのか」

「探さずともわかる。おぬしらの悪辣《あくらつ》非道ぶりはな。ただ、おぬしらの背後に控える黒幕の名が知りたい」

「ふん、黒幕だと。さような者はおらぬが、強いてあげるなら、鳥居さまかもしれぬ。南町奉行の座に据えてやったのは、ほかでもない、わしらゆえな。それを証拠に、鳥居さまは抜け荷の事実をわかっていながら見逃した。同じく抜け荷に勘づいた矢部駿河守の命をわしらに狙わせ、漁夫の利を得ようとしたのじゃ」

「直に繋がっていたわけではないのか」

「一度宴席に招き、献金したことがある。そのときは、老中首座の水野さまもごいっしょでな。のう、豊後屋」

「ぬひょひょ、水野さまには一千両、鳥居さまには五百両の献金をさせていただきました。抜け荷の一度や二度、見逃してもらったところで元は取れませぬぞ」

「たしかに。われらがよい目をみさせてもらうのは、これからじゃ。思惑どおり、廻船問屋仲間も解散される見通しとなった。幕閣の悪党どもを取りこみ、おもうがままに儲けてみせるわ」

「そうはさせぬ」

蔵人介が身構えると、矢黒も刀の柄に手を添えた。

「矢背蔵人介とやら、金が欲しいならくれてやるぞ。おぬしとなら、相抜けしてやってもよい」

「断る」

「何故だ。痩せ男によれば、おぬしは主人を失ったらしいではないか。誰の命も受けておらぬのだろう。なのにどうして、わざわざ面倒事に首を突っこむ。しかも、無報酬で何故、かようなことに命を懸けるのだ」

理由などわからぬ。ただ、世の中に蔓延《はびこ》る悪党どもが許せぬだけだ。

「聞けば、役料はたったの二百俵とか。わしらの仲間になれば、桁違いの金が手にできるのだぞ。なのにどうして」

「うぬらのごとき悪党にはわからぬ」

この世には銭勘定では解けぬものがあるのだ。

「せっかく誘ってやったに。妙な男よ」

矢黒は三尺に近い刀を抜きはなち、青眼《せいがん》にぴたりと構える。

「存じておるとおもうが、雲弘流はちと手強いぞ」

気合いを発することもなく、矢黒はするすると迫ってきた。

蔵人介も抜刀し、抜き際で一合《ごう》交える。

——きいん。
火花が散った。
矢黒は右八相に刀を担ぎ、袈裟懸けを狙ってくる。
いや、肩口を斬るとみせかけ、入身で喉を突いてきた。
——がつっ。
どうにか弾く。
蔵人介でなければ、仕留められていたにちがいない。
ふたりはぱっと離れ、相青眼で構えなおした。
「ほほう、やりおる」
ふうっと息を吐き、矢黒は滑るように間合いを詰めた。
突如、体を大きく開き、片手斬りを仕掛けてくる。
切っ先がくんと、眉間に伸びてきた。
咄嗟に躱す。
——ざくっ。
頬を裂かれた。
身を回転させ、後方へ逃れる。

矢黒は無理に追ってこない。

想像以上に手強い相手だ。

蔵人介は鳴狐を鞘に納め、頬に伝う血を嘗めた。

「くく、鞘の内で勝負する気か。おぬしの居合、わしには通用せぬぞ」

「それはどうかな」

こんどは、蔵人介のほうから仕掛けた。

入身の勢いで迫り、相手の一撃を誘いだす。

「ぬえい」

声を出さぬはずの矢黒が、腹の底から気合いを発した。

乾坤一擲《けんこんいってき》の一撃を繰りだしたかったのだろう。

このとき、蔵人介は鞘ごと鳴狐を抜いていた。

本身《ほんみ》は抜かず、鞘で相手の一撃を弾く。

と同時に、拇指《おやゆび》で柄の目釘《めくぎ》を弾いていた。

柄《つか》が抜け、八寸の刃が飛びだしてくる。

「何っ」

驚いた矢黒の顔が、苦悶の表情に変わった。

柄に仕込んだ隠し刃が、獲物の喉笛を裂いている。

返り血を屈んで避けつつ、蔵人介は背後へまわりこんだ。

「ひゃっ」

豊後屋藤吉は眸子を瞠り、床柱にしがみつく。

「南無三」

蔵人介はつぶやき、八寸の刃を捨てた。

そして、一尺五寸の脇差を抜き、無造作に水平斬りを繰りだす。

「ふん」

床柱が真横に断たれた。

床の間の造作が崩れおちてくる。

俯せに倒れた豊後屋には首がない。

転がった首は畳の縁を嘗めていた。

蔵人介は隠し刃を拾い、惨状に背を向ける。

大階段を降りて外へ出ると、褌《ふんどし》姿の串部が焚火にあたっていた。

「殿、存外に手こずりましたな」

震えながら笑う従者の顔が、懐かしいものに感じられる。

蔵人介は黙って羽織を脱ぎ、串部の肩に掛けてやった。

十一

五日後、師走二十九日は節分《せつぶん》、千代田城の中奥では夕刻になると、年男の老中が御休息之間まで踏みこみ、大声で「鬼は外福は内」と呼びかけながら豆を打つ。

この日だけは特別に、公方の寝所へ踏みこむ無礼が許されるのだ。

幕閣の重臣たちは顔を揃えたが、諸大名は出仕せずともよいので、お城坊主たちもさほど忙しそうではない。

蔵人介は笹之間で夕餉の毒味を済ませ、相番の世間話に耳をかたむけていた。

「年男はどうやら、水野越前守さまのようですぞ」

興奮気味に告げるのは、小太りで子だくさんの逸見鍋五郎である。

「見物にまいってよろしいのでしょうか」

「御座之間の手前までなら、よろしかろう」

なかには我を忘れて御座之間を通りすぎ、萩《はぎ》之御廊下まで出向く小役人もいる。

小姓《こしょう》などにみつかれば窘《たしな》められるが、この日だけは大目にみるのが慣例とされていた。

「そろそろにござりましょうか」

撤かれた大豆は食べもせぬゆえ、毒味の必要はない。それに、家慶は大奥へあがるはずなので、年男の忠邦にしてみれば気を遣う相手はいなかった。

何やら、廊下が騒々しくなってくる。

「はじまりましたぞ」

やおら立ちあがって廊下へ出てみると、ほかの小役人たちも部屋から顔だけを差しだしていた。

口奥のほうから、侍烏帽子と狩衣《かりぎぬ》を着けた重臣たちがやってくる。

先頭は老中の土井大炊頭利位《どいおおいのかみとしつら》、同じく老中の堀田備中守正篤《ほったびっちゅうのかみまさひろ》と真田信濃守幸貫《さなだしなののかみゆきつら》がつづき、大目付や寺社奉行や勘定奉行があらわれ、北町奉行の遠山景元が神妙な面持ちでしんがりから従いてきた。

肝心の水野忠邦はおらず、念願の南町奉行になった鳥居耀蔵のすがたもない。

遠山はこちらをみつけ、目配せをおくってくる。

蔵人介は軽くお辞儀をし、口奥のほうへ目を移した。

みずからの放つ殺気が誰かに気づかれはせぬかと、少し心配になる。

腰帯には脇差の鬼包丁を差し、懐中には千枚通しを呑んでいた。

目途はひとつ、鳥居耀蔵の心ノ臓を貫く腹でいる。

人知れず暗殺できぬときは、刺しちがえてもよいとおもっていた。

「茶番にござります、茶番にござります」

露払いの奥坊主がひとり、廊下を跳ぶように駆けてくる。

それだけでも首が飛びかねぬが、無礼講《ぶれいこう》ゆえ咎める者もいない。

重臣たちは廊下の左右に分かれ、年男を迎える態勢を整えた。

が、あらわれたのは年男ではない。

鬼の面を着けた半袴《はんばかま》の人物だった。

「鳥居さまだ」

小役人たちがざわめいた。

いかにも、そのとおりであろう。

浮かれた鳥居が追儺《ついな》の余興に花を添えるべく、どうやら、鬼の役を買ってでたらしかった。

「従五位下《じゅごいのげ》甲斐守《かいのかみ》の内示をお受けになったようですぞ」

相番の逸見に告げられ、暗澹《あんたん》とした気持ちになる。

益々、生かしてはおけぬとおもった。

「年男の御成りにござる」

奥坊主の掛け声とともに、いよいよ真打ちの忠邦が登場した。

侍烏帽子に素襖を着け、煎った大豆を盛った大枡《おおます》を抱えている。

こぼれた豆は奥坊主たちが拾い、素早く口のなかに入れていった。

鬼に扮した鳥居は、剽軽に踊りながら重臣のあいだを抜けていく。

これを忠邦が仏頂面《ぶっちょうづら》で追いかけ、重臣たちが忠邦の背につづいた。

さらに、物見高い小役人たちが一列になり、泥鰌のようにくねくねつづく。

鬼と年男は長い廊下を渡り、御座之間を通りぬけ、萩之御廊下から御休息之間へ進んでいった。

おそらく、鳥居にとっては、はじめて訪れる神域であったにちがいない。

面の下の顔は興奮で紅く染まり、旗本役の絶頂まで昇りつめた幸運を嚙みしめていることだろう。

魔を滅する豆打ちは、年男の一声によってはじまった。

「鬼は外、福は内」

忠邦の大音声が廊下の端まで響いてくる。

蔵人介は逸見の陰に隠れ、懐中の千枚通しを握りしめた。

鳥居耀蔵、滅すべき魔物はおぬしだ。

胸の裡で呼びかけ、じっと好機を待ちつづける。

やがて、豆打ちは終わり、重臣たちがぞろぞろ戻ってきた。

先頭の忠邦は仏頂面で通りすぎ、面を取った鳥居は興奮冷めやらぬ顔で最後方からやってくる。

小役人たちは頭を下げ、なかには土下座をする者もあった。

蔵人介は重臣たちをやり過ごし、誇らしげに胸を張った鳥居がやってくるのをじっと待つ。

そして、三間（約五・四メートル）ほどの間合いまで近づいたとき、ふわりと身をひるがえした。

盾の役割を担う逸見にすれば、微風が吹きぬけたと感じる程度のことだ。

蔵人介は懐中に手を入れ、低い姿勢からぐんと伸びあがった。

一瞬だけ、鳥居が狼狽《うろた》えた顔になる。

が、すぐに獲物は離れ、廊下を遠ざかっていった。

蔵人介の右手首を、何者かが凄まじい力で摑んでいる。

我に返ってみると、鼻先に遠山が立っていた。
「自重《じちよう》いたせ。隠忍《いんにん》自重じゃ」
声をひそめてつぶやき、何事もなかったように離れていく。
蔵人介はがっくり肩を落とし、その場に佇むしかなかった。
矢部定謙の受けた仕打ちをおもえば、鳥居耀蔵を生かしておくことはできぬ。
しかし、蔵人介が鳥居を罰する立場にないこともまた事実だった。
奸臣成敗とは、しかるべき人物に命じられて為すべきものだ。
遠山には、そんなふうに叱責されたような気もする。
憔悴《しようすい》した面持ちで城から出ると、半蔵御門の外で串部が待っていた。
「殿、付きあっていただきたいところがござります」
串部は申し訳なさそうに言い、さきに立って歩きはじめる。
仕方なく、蔵人介は従者の背にしたがった。
濠端の暗い道を日比谷《ひびや》までたどり、小舟を仕立てて三十間堀を漕ぎすすむ。
真福寺橋を抜けて京橋川を突っ切り、さらに弾正橋を潜って楓川を進んだ。
江戸橋の手前で右手に折れ、思案《しあん》橋の桟橋から陸《おか》へあがる。
更地《さらち》となった芝居町を突っ切り、町屋を縫うように歩いた。

「御祓《おはら》いしましょ、御祓いしましょ」

露地裏には厄払いの声が響いている。

家々の門口には、鰯《いわし》の頭を刺した柊《ひいらぎ》の小枝が立っていた。

貧乏人たちはみな、鰯の頭と柊の小枝で邪鬼を払う。

「鬼は外、福は内」

注連飾りやゆずり葉で門を飾った商家からも、豆打ちの陽気な声が聞こえてきた。

あたりはすっかり暗くなり、雪の薄衣を纏った家々には燈火が灯っている。

ようやくたどりついたところは、大川をのぞむ薬研堀の一角であった。

「殿、どうぞこちらへ」

串部に導かれたのは、薄暗い三つ叉である。

蔵人介は辻を曲がり、おもわず足を止めた。

袋小路のどんつきに、懐かしい青提灯が灯っている。

朱文字で書かれた『お福』という字が目に飛びこんできた。

「おふくのやつ、あそこではじめるそうです」

串部のことばに、蔵人介はうなずいた。

絶品のちぎり蒟蒻が、また食べられるのか。

そうおもった途端、口に唾が溜まってくる。

「さあ、参りましょう。おふくが待ちかねておりまする」

「ふむ」

串部の心遣いが嬉しかった。

おふくの逞《たくま》しいすがたをみれば、鳥居を殺めようとしたことが莫迦らしく感じられるにちがいない。

「下り物の富士見酒もあるそうですぞ」

日頃の憂さを忘れ、深酒をするのもわるくない。

蔵人介はめずらしく、そんな気持ちになっていた。

遺志を継ぐ者

一

年が明けた。

正月行事は元日の屠蘇《とそ》、二日の掃初之式《はきぞめのしき》、三日の判始《はんはじめ》とつづき、三箇日のあいだは年頭之御祝儀と称する参賀がつづく。御三家御三卿や国持大名の参賀は二日で終わり、三日目は無位無官の幕臣たちや親藩《しんぱん》譜代《ふだい》の家老、あるいは町年寄らが正装で将軍拝賀に訪れた。

雪の残る内桜田《うちさくらだ》御門前には、白い息を吐く者たちの列がつづいていた。

大勢の入城者をあてこんで、鮨《すし》売りが「こはだのすしぃ」などと叫びながら彷徨《うろつ》き、縁起物の獅子舞や猿廻し、太神楽《だいかぐら》などもやってくる。太神楽は鶴の丸紋が伊勢《いせ》神宮、丸一紋は尾張《おわり》の熱田《あつた》神宮、両派もろともに曲鞠《きょくまり》や鳴り物を披露しながら競いあい、見物人の目を楽しませていた。

賑やかな入城風景も、正月ならではのことである。

蔵人介も串部をともない、内桜田御門の門前までやってきた。

「志乃さまが仰いましたぞ。松の内は正月気分の抜けぬ輩が粗相《そそう》をいたすゆえ気を付けよと」

何をどう気を付ければよいのか、串部のことばを黙殺して歩みを進める。

すると、小役人とおぼしき貧相な侍が脇を擦りぬけ、太神楽の鳴り物にも負けぬほどの大声を張りあげた。

「室賀《むろが》さま、小普請組御支配《こぶしんぐみごしはい》の室賀采女《うねめ》さま、お待ちを。それがし、井森新之丞《いもりしんのじょう》にござります。どうか、おはなしをお聞きとどけくださいまし」

呼ばれた室賀采女なる人物は、懇願する者を相手にせず、大柄の従者をともなって門のほうへ急ぐ。

「お待ちを。今日という今日は、おはなしを聞いていただきますぞ」

井森はつんのめるように駆けより、室賀の裾に縋りついた。

すかさず、強面《こわもて》の従者が髷《まげ》を摑み、力任せに引きはがそうとする。

井森は「死んでも放さぬ」と叫び、歯を食いしばって耐えた。

周囲の者たちはさっと避け、遠巻きに様子を窺う。

蔵人介と串部も足を止め、人垣の前面に並んだ。

井森は髷を摑まれながらも、必死に訴えつづける。

「……お、御小人目付《おこびとめつけ》より小普請入りとなって雌伏《しふく》四年、お約束の三年は疾《と》うに過ぎましてござる。組頭への復帰はいかに。よもや、よもや、忘れたとは言わせませぬぞ」

込みいった事情があるようだと、誰もが理解した。

同情の目を向ける者もあったが、多くは「負け犬の遠吠えよ」とつぶやくか、冷たい眼差しを送っている。

「……む、室賀さまが御目付であられたとき、それがしはとあるご重臣の失態を調べ、格別な手柄を立てたにもかかわらず、内々に調べた証拠を残さぬために役をいったん外れてほしいと懇願され、そのとおりにいたしました……さ、三年のあいだ、妻子ともども爪に火を灯すような暮らしを強いられてまいったのでござります……き、気落ちした父は亡くなり、寝たきりの母も行く末短くなりました。是が非でも、あの世へ身罷《みまか》るまえに、お役に就いたすがたをみせとうござります」

「世迷《よま》い言《ごと》をくどくど並べおって。下郎《げろう》、放さぬか」

室賀は鬼の形相で怒りあげ、井森を片足で蹴りつけた。

下郎と呼ばれた井森は、口から血を流しながらも叫びつづける。

「……ぼ、盆暮れの付け届けのみならず、内職の手間賃まで掻き集めては室賀さまに献じてまいりました。にもかかわらず、お声すら掛けてもらえぬのは何故か。今日こそはその理由をお教えいただきますぞ」

「ええい、うるさい。おのれの不運を他人のせいにいたすでない。わしは三千石取りの大身《たいしん》ぞ。無役の小普請ごときが易々《やすやす》と口のきける相手ではないわ。逆恨みもほどほどにせい」

「仰いましたな。ようござる。それがしも覚悟を決めてまいりました」

井森は裾を摑んだ手を放し、その場に正座してかしこまる。

さらに、両手で襟を左右に開き、白い腹を晒してみせた。

腹を切るつもりなのだ。

人垣はざわめき、後ろに大きく退いた。

蔵人介は逆しまに、ぐっと身を乗りだす。

差し出がましいこととは知りつつも、みてみぬふりはできない。

「ごめん」

井森は脇差の柄に手を掛けた。

蔵人介は素早く身を寄せ、後ろから羽交い締めにする。

「ん、何をする。どなたか知らぬが、その手をお放しくだされ。武士の情けでござる。腹を、腹を切らせてくだされ」

真っ赤な目を剝《む》いた井森を睨み、子どもに諭すように説いてやった。

「年明けのめでたい日に、御門前を血で穢《けが》すでない」

落ちぶれ者は我に返り、嗚咽《おえつ》を漏らしながら蹲《うずくま》ってしまう。

「ちっ」

室賀は舌打ちをした。

「おぬし、名は」

高飛車な態度で聞かれ、蔵人介は襟を正す。

「矢背蔵人介にござります」

「お役に就いておるのか」

「はい、本丸の御膳奉行にござります」

「鬼役か。されば、毒味だけをしておれ」

「仰せの意味がわかりませぬが」

「腹を切りたいやつには切らせておけばよい。横からしゃしゃり出て余計なまねをするなと申しておるのじゃ」

「聞き捨てなりませぬな。小普請組御支配と申せば、二千家を超える小普請旗本の行く末を左右できるお立場、信なくば成りたたぬお役目にござりまする」

「わしに信がないと申すか」

「残念ながら、さようにお見受けいたす」

「何じゃと」

室賀は怒りを抑えきれず、手をぶるぶる震わせる。

周囲の連中は、どうなることかと固唾《かたず》を呑んだ。

大柄の従者が殺気を帯び、ずいと迫ってくる。

「無礼者め、斬って捨てるぞ」

蔵人介も身構える。

と、そこへ。

経を唱える尼僧の声が聞こえてきた。

「一即一切《いちそくいっさい》、一切即一、一入一切、一切入一……」

どうやら、華厳経《けごん》のようだ。

近づいてきたのは、若くて色の白い尼僧であった。

室賀主従は鼻白《はなじろ》んだ様子になり、こちらに背を向ける。

見物人たちもばらばらになり、やがて、離れていった。

井森は蹲ったまま、顔をあげることもできない。

尼僧は蔵人介の面前まで近づき、何かを手渡そうとする。

拒みきれずに受けとると、安堵したように微笑み、ふたたび、華厳経を唱えながら雪道を遠ざかっていった。

串部は惚けた顔で、尼僧のか細い後ろ姿を見送る。

そして、ふと我に返り、こちらへ近づいてきた。

「殿、尼僧に何を手渡されたので」

「これだ」

開いた掌には、銅銭が六枚載っている。

「六文銭にございますか。されど、何故」

「さあな」

室賀采女に引導を渡せとでもいうのか。

もちろん、そうであるはずはない。ほとけに仕える尼僧が人斬りをそそのかすことなど、あり得ぬからだ。

「渡すなら、あちらに渡せばよいものを」

蹲る井森に目を向け、串部は首をかしげた。

「殿、困りましたな」

助けてやりたい気もするが、助けにならぬことはわかっている。

脇差を抜かせなかったことが、せめてもの救いとなればよい。

灰色の空から、雪がちらちら降ってきた。

哀れな小普請侍は肩を小刻みに震わせている。

泣いているのか、笑っているのかもわからぬ。

惨めすぎる自分を慰める術《すべ》もないのだろう。

世の中、辛いことばかりではない。

生きてさえいれば、よいこともあろう。

蔵人介は胸につぶやき、御門のほうへ向かっていった。

二

七日は五節句のひとつ、七草《ななくさ》の礼があった。

御膳所では庖丁人が「七草なずな唐土《とうど》の鳥が日本の土地へ渡らぬさきに」と唄いながら、俎板《まないた》のうえのなずなを叩いた。武家でも町屋でも同様におこなう七草叩きと呼ぶ慣行だ。「唐土の鳥」とは、人の魂を消滅させる姑獲鳥《うぶめ》のことらしい。七草叩きや七草粥は、姑獲鳥に象徴される万病や災厄に罹《かか》らぬためのまじないだった。

八つ（午後二時）頃、蔵人介は下城して帰路をたどらず、日本橋の浜町《はまちょう》に向かった。

雲ひとつない快晴である。

軽快な足取りで更地のめだつ元芝居町まで歩き、堀留の竈《へっつい》河岸をまっすぐ東へ進んでいった。

さらに小川《おがわ》橋を渡って、浜町河岸沿いに河口をめざす。

七、八棟ほど連なる大名屋敷のなかほどに、常陸笠間《ひたちかさま》藩八万石を領する牧野《まきの》家の中屋敷があった。

毎年、松の内にかならず一度は訪れる。

蔵人介にとっては、欠かせぬ恒例行事のようなものだ。

顔見知りの門番は誰何《すいか》もせず、すんなりと通してくれた。

広い敷地の表玄関へは行かず、足軽長屋の奥にある平屋へ向かう。

藩主みずから推奨する唯心一刀《ゆいしんいっとう》流の道場であった。

質実剛健を旨とする大名家は、拝領地のなかに道場を構えることがままある。門弟の多くは藩士だが、強くするために外から師範を招き、藩士以外で腕の立つ侍を募ったりもする。蔵人介は若い時分に道場の門を敲《たた》き、短い期間ではあったが、厳しい稽古にいそしんだ。師に恵まれたとおもう。そのときに掻いた汗の味が忘れられず、年の初めにはかならず訪れることにしていた。

松の内で忙しないせいか、門弟たちはいない。

がらんとした板の間には、縦も横も大きな人物が仁王立ちしている。

「矢背どの、待ちかねたぞ」

一年ぶりにみる懐かしい顔だ。

道場で鎬《しのぎ》を削った相手、高柳五郎左衛門《たかやなぎごろうざえもん》であった。

蔵人介はにっこり笑う。

「あいかわらず、大剃りの月代が青々としておられる」

「さよう、ご存じのとおり、これは家斉公お声掛けの奴髷《やっこわげ》、死ぬまで変えるわけにはまいらぬ」

江戸にだんぼ風邪が流行《はや》った今から二十年前、高柳は千代田城内の白書院広縁にて催された御前試合で比類無い力量を披露し、公方家斉から「見事じゃ、小手取りの奴」と直に声を掛けられた。

その日以来、月代を大きく剃った奴髷に変えたのである。

晴れの舞台に立った高柳は、裂帛《れっぱく》の気合いを込めて「ご無礼」と言いはなつや、正確無比に相手の右小手を打った。「小手取りの名人」として剣名を轟《とどろ》かせ、唯心一刀流を武術の柱に据えた牧野屋敷に招じられたのだ。

「かの御前試合で、なるほど、それがしは頂点を極めた。されど、矢背蔵人介があの場におったら、どうなっていたかはわからぬ。お褒めのことばを頂戴できず、奴髷に変える機を失っていたやもしれぬ。人生とはわからぬもの、予期せぬことの積みかさねだ。あそこであなっておればというはなしは数知れず、これを因縁と呼ばずして何と呼ぶべきか、矢背どのとこうして年初に打ちあうことができるのも、幸運なめぐりあわせというよりほかになかろう」

高柳は蔵人介と同じ幕臣だが、格はちがう。家禄三千石の恵まれた大身旗本の家に生まれ、父は普請《ふしん》奉行にまで出世した。ところが、四年前に役目のうえで失態を演じ、半知召上《はんちめしあ》げのうえ父子ともども小普請入りを告げられた。

そのあたりの事情や家のことなど、高柳は多くを語りたがらない。

ただ、雪《ゆき》という愛娘《まなむすめ》のことははなしてくれた。

「九つにしては上手かろう」

嬉しそうに微笑み、毎年、娘の描いた絵をみせてくれるのだ。

それは月代を大きく剃りあげた父の顔を描いた墨絵で、拙《つたな》いなりに特徴をよくとらえていた。同じ絵を四度もみせられているので、雪という娘は十三になっているはずだった。

高柳はそれ以上のことをはなそうとしない。

蔵人介も詳しい事情は聞かず、純粋に竹刀を合わせて心ゆくまで打ちあうことを望んだ。

「矢背どのと打ちあわねば、一年がはじまった気がせぬでな」

「ふふ、それはこちらの台詞。されど、まずは仏前にお参りせねば」

「さよう。今年は源才《げんさい》先生の三回忌でもある。生前、先生は樒《しきみ》一本供えてくれればよいと笑っておられたが、そういうわけにもまいらぬ」

そう言って、高柳は何処かで摘んできた雪割草《ゆきわりそう》を掲げてみせた。

これも毎年のことだ。自分の好きな雪割草を恩師の仏壇に手向《たむ》ける。

「ほら、噂をすれば何とやら、息子どのが来られたぞ」

小柄な人影が、入り口から静かにはいってきた。

父から師範の役目を継いだ息子の檜山亭《ひやまとおる》である。

「これはご両人、もうおみえでしたか。ご無礼いたしました」

檜山は笑いながら、一升徳利を掲げてみせた。

「下り物の新酒にござります。これがなければ、高柳さまに叱られましょうからな」

「莫迦を申すな。酒がないと機嫌を損ねておられたのはおぬしの父、源才先生ではないか」

「まあまあ、そうむきになられず」

檜山は神棚に礼をし、ふたりを奥の仏間へ導く。

仏前に祈りを捧げると、ふたたび、三人は道場へ戻ってきた。

「されば、今年の稽古初めをおこないまする。ご両者、防具はお着けになられますか」

檜山に問われ、蔵人介も高柳も首を横に振る。

じつはここ数年、高柳の小手打ちを受けていない。

こちらが上手に躱しているのか、あちらに手加減されているのか、まことのところはわからぬが、いずれにしろ、高柳とのあいだで胴小手を着けた稽古など一度もしたことはなく、死力を尽くして竹刀と竹刀をぶつけあったあとは、無住心剣術に言うところの「相抜け」のようなかたちで終わるのを常としていた。

檜山に手渡されたのは、三尺八寸の竹刀である。

ふたりは道場のまんなかで左右に分かれ、まずは屈んで相青眼に構え、すっと同時に立ちあがった。

「されば」

「おう」

掛け声も高らかに間合いを詰め、鬼の形相で打ちかかる。

――ばしっ。

竹刀を打ちあう音が響き、手足の先端まで痺れが走りぬけた。

これだ。これこそが求めていたものだ。

武芸者の持つ闘争本能を掻きたてられ、知らぬ間に打ちあいにのめりこんでいく。

双方が同等の力量でなければ、互角の打ちあいにはならない。当然のごとく、鍛錬を怠れば腕は錆《さ》びる。したがって、高柳との申しあいはおのれの過ごしてきた一年を振りかえる好機でもあった。

「ふん、ふん、ふん」

高柳は脇を締め、左右から袈裟懸けに打ちこんでくる。

これをひたすら後退しながら受けつづけ、わずかな隙をついてこちらから打ちにかかる。

高柳は後退しながら受けにまわり、隙をみてふたたび打ち手となった。

ひと呼吸の間隙すらも許されない。

乱打に乱打をかさね、竹の切片が飛び散るほどの勢いで打ちつづける。

真剣で対峙するのとはちがい、予定調和とも言うべき動きのなかに剣術の神髄があった。

心ノ臓は早鐘《はやがね》を打ち、全身の毛穴から汗が吹きでてくる。

ふたりは進んでは後退し、後退しては進み、四半刻ほど乱打を繰りかえした。

さすがに呼吸は乱れてくる。

だが、勝負はここからだ。

「ご無礼」

高柳は烈声を張りあげ、右上段から猛然と切落《きりお》としに掛かる。

蔵人介がこれを躱すや、すかさず左膝を折敷《おりし》いて切っ先を喉に付けてきた。

妙剣《みようけん》である。

右逆車《さかぐるま》で果敢に払い、左八相から肩口を狙って打ちおろす。

——ばしっ。

破片が四散し、両者は反撥しあうように分かれた。

呼吸を整える。

高柳は体を捻《ひね》った上段の霞《かすみ》に構え、一方の蔵人介は脇構えで応じた。

霞は相手との間を外し、脇構えは居合に似て手の内を隠す。

蔵人介は、高柳の手の内を読んだ。

大上段の切落としか、喉への突きか、反動をつけぬ刺し面か、いずれにしろ見せかけの技で誘い、決め技で小手打ちを繰りだすのはわかっていた。

各々の動きには意味があり、多種多様な技には名が付いている。

しかし、剣の要諦《ようてい》は技巧を排した剛直な太刀筋にあり、機に応じて変転する柔軟な心のありように帰する。気攻めに攻め勝ち、とどめの一刀は鎬《しのぎ》を使って切落とす。それこそが死中に活を求める一刀流の理合《りあい》にほかならない。

「うりゃ……っ」

高柳は踏みこみも鋭く、激しい打ちあいを挑んできた。

蔵人介は受けながすや、攻めに転じて胴を抜くとみせかけ、横面を狙って竹刀を斜めに払う。

「もらった」

その瞬間、擦りあげ面の一打が決まったと、行司役の檜山もおもったであろう。

だが、高柳は絶妙に間合いを外し、躱すと同時に下方からふいに掬《すく》いあげてきた。

――ぱんっ。

竹刀が宙に飛ばされる。

強烈な一撃が、蔵人介の裏小手に決まったのだ。

独妙剣《どくみょうけん》と呼ぶ無意識の一刀であった。

蔵人介は痛めた右腕を抱え、顔を隠すように蹲《うずくま》る。

「……ま、まいった」

口惜しげに絞りだすと、高柳は嬉々《きき》として言いはなった。

「矢背どの、ご無礼つかまつった」

誇らしげなその声を、蔵人介は清々しい気持ちで聞いた。

汗を拭いたあとは、三人で和気藹々《わきあいあい》と酒を酌みかわす。それが何よりの楽しみであった。今年もようやくはじまるのだという充実した気持ちに浸りながら、剣術談義に花を咲かせるのである。

ほどもなく、徳利は空になり、肴の焼き味噌も尽きた。

日も暮れて寒くなったので外へ出ると、牡丹雪《ぼたゆき》が音もなく降っている。

すぐに溶ける牡丹雪が凶兆になろうとは、このときの蔵人介には想像すらもできなかった。

三

翌八日は初薬師《やくし》。麴町《こうじまち》の寅《とら》薬師に目黒《めぐろ》不動の蛸《たこ》薬師、本所番場《ほんじょばんば》の多田《ただ》薬師に同二ツ目之橋近くの川上《かわかみ》薬師、江戸に薬師は数あれど、なかでも茅場町《かやばちょう》の瑠璃光《るりこう》薬師は眼病に効験《こうげん》のあることで知られ、本堂脇に築かれた木柵には「め」と書かれた絵馬がびっしり隙間もなく並んでいた。

しかし、矢背家の面々が瑠璃光薬師に詣でる目途は眼病祈願ではなく、門前の名物店で白味噌仕立ての温かい茸蕎麦《きのこそば》を食べたあと、境内を埋めつくすほどの植木市を見物してまわることだった。

午後から夕方に掛けて隈無くまわりつくし、福寿草《ふくじゆそう》と寒牡丹を求めて帰ってきた。

ちょうどそこへ、昨日会ったばかりの檜山亭が駆けこんでくる。

「高柳さまが斬られました」

と聞き、蔵人介はことばを失った。

昨夜遅く、番町《ばんちよう》の自邸へ帰る道すがら、平河町《ひらかわちよう》の露地裏で酔った侍たちにからまれたらしい。

「命に別状はございませぬ。されど、右手の人差指と拇指《おやゆび》を」

「失ったのか」

「はい」

剣客にとっては致命傷である。

小手取りの名手と呼ばれた男が、相手の小手打ちで指を欠いてしまったのだ。

「高柳さまも深酒をしておいででした。されど、刀は抜いておりませぬ。相手が有無を言わせず、抜き打ちの一刀を仕掛けてきたのでござる」

「相手とは」

「町奉行所の役人たちも捜しておりますが、今のところ素姓もわからぬそうで」

檜山には昼過ぎに九段《くだん》坂上の練兵館を訪ねる用事があった。帰路に手土産を携えて番町の高柳邸へ立ちよったところ、昨夜の凶事がわかったのだという。

「使用人が申すには、高柳さまは昏々《こんこん》と眠っておられるとのことでした。眠ったふりをしておいでなのかもしれませぬ。今は誰ともお会いになりたくないお気持ちなのでございましょう」

指を落とされた痛みもさることながら、心に負った痛手をおもわざるを得ない。

檜山は南町奉行所へおもむき、吟味方《ぎんみかた》の役人にも問いあわせてみたという。酔った侍たちと喧嘩沙汰になった経緯は、駆けつけた役人が怪我を負った高柳本人から聞いたものらしかった。ただし、高柳は刀を抜かなかったことだけを伝え、どうしたわけか、相手の外見や氏素姓については語らなかった。

檜山は平河町にも足を運び、辻番をいくつかまわって番人にはなしを聞いてみたが、昨夜のいざこざを目にした者はいなかったという。

蔵人介は居ても立ってもいられなくなり、檜山とともに番町へ向かった。

高柳の屋敷は御厩谷《おうまやだに》坂を上ったさきにある。

武家屋敷の密集する番町のなかでも、広めの屋敷が目立つあたりだ。

住人の多くは三千石以上の大身旗本であろう。

高柳は四年前に無役の小普請入りとなった。旗本は家禄三千石が線引きの基準で、それ以上の者は寄合に属することになるが、高柳家は半知召上げで家禄が半減されたために格下の小普請入りとされた。

家格が下がっても引っ越しはしておらず、そのせいで立派な拝領屋敷の外観がかえって虚しく感じられる。

高柳はさぞや、肩身の狭いおもいで暮らしているにちがいない。

気持ちを込めて門を敲くと、使用人らしき野良着《のらぎ》姿の老爺《ろうや》が応対にあらわれた。

こちらの名を告げてしばらく待ったが、やはり、高柳は会ってはなしのできる容態ではなく、お引き取り願いたいと頭を下げられた。

せめて、家の方に挨拶はできぬものかと粘ってみた。

すると、老爺は困りきった顔で重い口をひらいた。

「お家の方と仰っても、ご挨拶できそうな方はおられませぬ」

「ん、どういうことだ」

順を追って聞けば、高柳はまず四年前に妻を離縁していた。役付きの大身でもある妻の実家からの申し出を受け、妻と愛娘を居心地のよい実家へ戻したのだ。その一年後に母が病死し、父は時を経ずに倒れた。倒れた日から三年ものあいだ、父はずっと寝たきりになっているという。

それだけの不幸が重なっても、高柳は自暴自棄にならずに家を守ってきた。

しかも、役目に復帰するためにあらゆる手筋を使い、これとおもった相手には嘆願書を書きつづけた。家禄の一部や内職で稼いだ金を貯め、しかるべき筋に献金もしていたというが、努力が実る兆《きざ》しはなかった。

売れるものはみな売り、用人や奉公人にも暇を出した。

家には日銭雇いの老爺と賄いの老婆がいるだけで、高柳はみずから父親の下の世話までしているらしかった。

「さようなご苦労は、おくびにも出さぬおひとでしたな」

檜山も溜息を吐くとおり、蔵人介は妻子と別れたことも知らなかったし、そこまで悲惨な暮らしを強いられていることなど想像もしていなかった。

愛娘が描いた絵のはなしをおもいだすと、やりきれない気持ちになる。

ことさら明るく振るまってみせることで、鬱々《うつうつ》とした日常から逃れたかったのかもしれない。

たいせつな指を失い、気持ちの箍《たが》も外れたのではないかと案じられた。

とりあえずは、力になりたいという意志だけは伝えてもらうことにし、蔵人介は屋敷に背を向けたのである。

檜山に案内を請い、平河町へも足を延ばしてみた。

凶事のあった露地裏には、獣肉《ももんじ》を食べさせる見世がある。

勘がはたらいた。

ひょっとしたら、何かわかるかもしれない。

表口の壁に猪《いのしし》の毛皮を貼った見世を訪ね、愛想のない親爺に昨夜のことを尋ねた。

最初は知らぬ存ぜぬで通していたが、仕舞いには蔵人介の二枚腰に負け、親爺はぼそぼそと客のはなしをしはじめる。

「無頼旗本の連中が、蜷局《とぐろ》を巻きにちょくちょくやってくる。そいつらかどうかは知らぬが、やったとすりゃそいつらかもしれねえ」

月代を剃った三人の若い侍たちであった。

凶事があった時刻の直前まで、見世で呑み食いしていたという。

「何日かまえ、やつらがふざけて野良犬を斬ったのをみた。あの調子なら、ひとだって斬っちまいかねねえ」

親爺の名は出さぬからという約束で、首領格の姓だけは聞きだした。

角南《すなみ》というらしい。

無頼旗本ならば、役無しの寄合か小普請の子息たちであろう。

旗本はぜんぶで五千五百家を数え、そのうちの寄合は約二百家、小普請となれば二千家を超える。じつに無役は四割を占め、そのなかから捜しださねばならない。

ただ、手懸かりはあるにはあった。

無役でも多くの家は、武鑑《ぶかん》に載っているからだ。

麹町の書肆《しょし》へ足を運び、武鑑を借りて捲《めく》ってみた。

角南はめずらしい姓だが、それでも数家は載っている。

無役のなかにめぼしいものはなく、役付きのほうも調べてみる。

半刻ほど腰を据えて調べつづけ、興味を引かれる角南姓を捜しあてた。

「これかもしれぬ。角南数右衛門《かずえもん》、二百俵取りの小普請組御支配組頭だ」

檜山も武鑑を覗きこむ。

「寄合でも小普請でもなく、役付きにございますか」

「ふむ」

「普請下奉行からの出世ですな」

昇進は一年前、普請下奉行を三年つとめてからのことだ。

「おや、四年前までは黒鍬者《くろくわもの》でございますぞ」

「そこよ」

黒鍬者は御家人である。石垣構築や土木工事に秀でた能力を持ち、初代家康から第四代家綱までに仕えた御家人譜代のなかでも世襲が強い。よほどの幸運でもないかぎり、御目見得以上となる旗本への出世は考えにくかった。

「仰るとおりですな」

檜山も首を捻る。

蔵人介が注目したのは、本人の職歴だけではない。

上役にあたる小普請組支配の姓名が、端のほうに小さく記されてあった。

「室賀采女さまですか」

忘れもしない。

内桜田御門の門前で小普請の旗本を足蹴《あしげ》にした居丈高《いたけだか》な重臣のことだ。

足蹴にされた小普請侍の名は井森新之丞、四年前に外された役目への復帰を願い、切腹までしようとした。

「たしかあの者、御小人目付であったな」

室賀が目付だったとき、井森はとあるご重臣の失態を調べあげ、格別な手柄をあげたにもかかわらず、役を外されたようなことを切々と訴えていた。

「なるほど、さようなことがあったのですか」

かいつまんで経緯をはなすと、檜山は眸子を細めて思案顔になる。

ついでに室賀采女を武鑑で調べてみると、今の役目に就くまえは普請奉行を三年つとめていたことが判明した。つまり、四年前に職禄一千石の目付から同二千石の普請奉行に一足飛びの出世を遂げ、さらに三年経って職禄三千石の小普請組支配に昇進を果たしたことになる。よほど能力があるか、上からの強力な引きでもないかぎり、これほどの出世は望めまい。

ともあれ、室賀との関わりも気になる。

確たる根拠はないものの、角南数右衛門なる人物を調べてみようと、蔵人介はおもった。

四

角南数右衛門には、数弥《かずや》という二十二の息子がいる。

「無頼を気取った札付《ふだつ》きの悪党らしく、手懐《てなず》けた小普請の荒くれどもを引きつれては市中で喧嘩沙汰を繰りかえしておるようです」

串部は調べたことを喋った。

「喧嘩相手は侍のときもあれば、町人のこともございます。あきらかに数弥のほうに非があっても、町奉行所の役人は手出しができませぬ。相手は泣き寝入りを決めこむしかないようで。これには理由がございます」

数弥は養子で、実父は町奉行所に圧力をかけられる人物らしかった。

串部はじっくり間を取り、核心を告げようとする。

「実父は何と驚くなかれ」

「室賀采女か」

蔵人介が言い当てるや、串部はがくっと肩を落とす。

「せっかく驚かせようとおもうたに、ようおわかりになりましたな」

「顔にそう書いてあるわ」

角南数弥は室賀采女の次男として生まれ、二十歳前から素行の悪さが近所で噂されていた。一度は同格の家へ養子に出されたが、半年後には熨斗《のし》を付けて返され、それ以来は部屋住みのままでいたものの、ふたたび、一年前に格下の角南家へ養子に出されたという。

「体《てい》のよいお払い箱にございます。ひょっとしたら、無頼の息子を押しつける条件で、角南数右衛門を出世させたのかも」

そう考えれば、たしかにわかりやすい。

角南数右衛門は一年前、百俵取りの普請下奉行から二百俵取りの小普請組支配組頭に出世した。同じ「普請」という字は付いても、ふたつはまったく異なる役目、前者は石垣や土盛りなどを管轄し、後者は無役の旗本や御家人を統括する。このような畑違いの役目への出世は、室賀の口利きがなければあり得ないことだ。

「室賀采女が普請奉行に就いていたころ、角南数右衛門は直下の普請下奉行をつとめ、室賀が小普請組支配になると、角南もそちらへ移った。このふたり、よほどの因縁で結ばれているとしか考えられませぬな」

両者の関わりを紐解くためには、四年前まで遡《さかのぼ》る必要があるのかもしれない。

蔵人介の脳裏に浮かんだのは、内桜田御門の門前で腹を切ろうとした小普請侍の顔だった。

「井森新之丞。じつを申せばそれがしも、あの者のことを考えておりました。井森は四年前、御小人目付として室賀の命を帯び、とある重臣の失態を調べあげた。格別な手柄を立てたにもかかわらず、三年だけ我慢しろと説かれて小普請入りとなり、ものの見事に裏切られた。とまあ、あの者のことばを信じれば、一抹《いちまつ》の同情を禁じ得ぬ経緯が炙りだされてまいります」

井森の訴えを「負け犬の遠吠え」で終わらせたくない気分になってきた。

四年前に何があったのか、告白させてみるのも無駄ではあるまい。

「今から訪ねてみますか」

串部は自慢げに胸を張る。

「こういうこともあろうかと、所在を突きとめておきました」

「ふうん、おぬしにしては気がまわるではないか」

蔵人介は重い腰をあげた。

主従が足を向けたさきは、さほど遠くもない。

四谷鮫ヶ橋谷町《よつやさめがばしたにまち》にある西念寺《さいねんじ》裏の小普請屋敷だ。

薄暗い坂の下にへばりつくように集まっている。

ただ、旗本の住まいだけあって敷地はそこそこ広く、一軒ずつに冠木門《かぶき》が築かれていた。

「無役のわりには、そこそこの暮らしをしておるようですな」

矢背家の屋敷とくらべても遜色《そんしょく》がないので、串部は少しばかり不満げだ。

無役でも家禄がある旗本や御家人は、幕府から俸禄《ほうろく》が支給される。代々無役でも家禄は削減されず、むしろ、つきあいなどに余計な出費がかかる役付きよりも無役のほうがよいと考える者もいるほどだった。

「働きもせずに俸禄を頂戴する。盗っ人猛々《たけだけ》しいとは、このことにござりますな」

「みながみな、そう考えてはおらぬさ。侍の矜持《きょうじ》を捨てられぬ者なら、働いて役に立ちたいと願うはずだ」

「井森新之丞もそうなのでしょうか」

「何せ、腹を切ろうとしたほどだからな」

無役の旗本や御家人にも負担はある。家禄を頂戴するかわりに、小普請金を幕府に納めねばならない。たとえば、家禄百俵の者は年に一両二分、家禄千俵の者は二十両などと定められており、齢《よわい》七十を超えて隠居した当主にかぎっては小普請金が免除された。

無役にもそれなりの定式《さだめしき》があり、たいていの者は肩身の狭いおもいをしている
はずだった。

日没までには四半刻あるものの、屋根からは炊煙が立ちのぼりはじめている。

蔵人介たちは家人が揃う頃合いを狙ってきたのだ。

冠木門を潜ると、期待したとおり、簀戸《すど》の向こうに井森のすがたがみえた。

焚火をしているらしい。

「芋でも焼いておるのでしょうか」

髪をお煙草盆に結った幼い娘もいる。

縁側のほうからは、老いた母親であろうか、胸を病んだような咳も聞こえてきた。

「井森どの、井森どの」

串部が垣根越しに声を掛ける。

井森は振りむき、不思議そうな顔をした。

が、すぐに蔵人介の素姓を見抜き、串刺しの芋を手にしたまま近づいてくる。

「父上、芋をくだされ」

追いかけてきた娘は頬を紅く染め、じつに愛らしい。

娘のためにも役に就きたいのだろうと、蔵人介はおもった。

井森は娘を母のもとへやり、厳しい顔で簀戸を抜けてくる。

「その節はたいへんお世話になりました。お名を伺うべきところ、取り乱しておりましたゆえ、御礼することもできませなんだ。どうか、お許しください」

「気遣いは無用だ」

蔵人介は微笑み、相手の緊張をほぐそうとする。

「それより、お咎めはなかったのか」

「今のところはござりませぬ。されど、覚悟はできております。あれだけのことをしでかしておきながら、お咎め無しというわけにもまいりますまい」

「小普請の統括は、室賀采女さまであろう」

「仰せのとおりにござります。室賀さまの匙《さじ》加減ひとつで、それがしなんぞはどうにでもなる。むしろ、放っておかれるよりは、どうにかしてほしいとおもっております」

「雌伏四年であったな」

「恥ずかしいことを口走ってしまいました。あのときはどうかしておったのです。

まこと、穴があったらはいりたい気分にござります」

「今日訪ねたのは、おぬしが口走ったことども関わってくる。じつは、友が難儀にあってな、無頼旗本に斬られ、右手の指を二本失ったのだ。友のために、何としてでも下手人を捜しあてたい」

「事情はわかりましたが、何故、それがしのもとへ」

蔵人介はひと呼吸おき、単刀直入に切りだした。

「されば、角南数弥という名に聞きおぼえはあるまいか」

「えっ」

井森はぎょっとして、こちらを警戒する顔になる。

おいそれと喋ってはならぬ秘密を抱えているのだろう。

「おぬしは四年前、御目付の密命でとある重臣を調べ、手柄を立てたと申したな。とある重臣とは誰なのだ」

「申せませぬ」

言えば、身の破滅になるという。

「腹を切ろうとした者のことばともおもえぬな。無論、おぬしに聞いたことは誰にも喋らぬ。武士の約束だ。はなしてもらえぬか」

井森は黙りこみ、永遠にも感じられる時が流れた。

垣根の向こうから、娘の笑い声が聞こえてくる。

「可愛い娘のためにも、おぬしは真実を告白せねばならぬ。貧しても、おのれの心に嘘だけは吐くな」

「おのれの心に嘘だけは……わ、わかりました、申しあげます。それがしが調べた相手は当時の御普請奉行でござる」

「当時の御普請奉行」

ぴんときた。

「まさか、高柳《たかやなぎ》五郎兵衛《ごろべえ》さまではあるまいな」

「仰せのとおり、高柳さまにござります」

驚きすぎて、声も出てこない。

高柳五郎左衛門の父は普請奉行として、さまざまな石垣普請や河口堰《かこうぜき》の構築に携わった。実績もあり、周囲の信望も厚かった。にもかかわらず、何故、目付の室賀は隠密探索を役目とする小人目付の井森に調べを命じたのであろうか。

「富士見櫓《ふじみやぐら》の土台となる石垣の一部が、大地震《おおない》で崩壊寸前となりました。高柳さまは補修の陣頭指揮を執られ、配下の黒鍬者や石工たちに石垣を築かせておられたのです。不幸な出来事は、最後のひとつとなる石を差しこむときにおこりました」

差しこまれる寸前で大石が落下し、普請に関わった三人の黒鍬者が犠牲になってしまった。

「石を吊りあげた際、命綱が切れたことによる惨事でした。それがしの報告をもとに上申書がつくられ、高柳さまは責を負って御役御免となりました」

そのはなしだけを聞けば、秘密にするようなことはない。

しかし、井森は顔を曇らせ、訥々《とつとつ》と真相を語りはじめた。

「それがしは室賀さまに命じられ、命綱の切れ端を検分いたしました。黒鍬者の組頭は古くなって綻《ほころ》びができたのだと言いはりましたが、あきらかにそれは鋭い刃物で断たれたものにござりました」

「つまり、何者かがわざとやったと」

「そうとしか考えられませぬ。綻びによるものと訴えた組頭は顔色を変え、脂汗《あぶら》を掻いておりましたからな。じつは、その組頭こそが角南数右衛門なのでござります。今となっては検証のしようもござりませぬが、おそらく、命綱を断ったのはあやつにござりましょう。室賀さまに命じられてやったのです。目途は、高柳さまを除くことにござります。高柳さまに代わって室賀さまが御普請奉行の座に就かれたとき、ああ、こういうことだったのかと合点いたしました」

井森は室賀にたいし、命綱が刃物で断たれたかもしれぬという疑念を添えて上申したのだという。ところが、疑念の部分は削除するようにとの指示を受け、命じられたとおりに上申書を書きなおした。そののち、しばらくして小普請入りを申しわたされ、その際に三年のちの復帰を約束された。

「それがしは反駁《はんばく》もせず、唯々諾々《いいだくだく》とご指示にしたがいました。その時点でとんでもない策謀に加担したと気づきながらも、保身を考え、何ひとつ行動を起こさなかったのです」

今でも時折、石垣が崩落する夢にうなされるのだという。

小普請入りとなり、相応な罰を受けたのだと一度はあきらめたものの、どうしても室賀だけは許すことができず、先だってのような騒ぎを起こしたのだ。

「くそっ、はらわたが煮えくりかえってきた」

おもわず、串部が吐きすてる。

高柳の父は室賀に嵌《は》められ、惨めな晩年を送ることになった。

今となっては、大石の落下が意図されたものであったという証拠はみつけられまい。

だが、指を失った高柳に経緯を告げれば、有無を言わせず、刀を帯に差して外へ飛びだすであろう。

「言えぬな」

蔵人介はうなだれた井森に背を向け、日の翳《かげ》りはじめた小普請屋敷から遠ざかっていった。

五

尾張藩邸の西端をたどり、市ヶ谷の御納戸町へ向かう帰路をたどった。

月桂寺《げっけいじ》に代表される寺町《てらまち》を抜けると、太い道に沿って左右に武家屋敷が並び、左手には細長い馬場がみえてくる。右手の甲良《こうら》屋敷と名付けられた界隈には、築地塀《ついじ》に囲まれた鉄炮組の徒《かち》長屋などが見受けられた。

「それにしても、何故、高柳さまは斬られたのでござりましょう」

暗がりに提灯を翳しつつ、串部がぽつんとこぼす。

蔵人介も同じことを考えていた。

あれだけの腕を持っていながら、どうして、むざむざ指を失ったのか。

「角南数弥は遣い手なのか」

背中に問いかけると、串部は足を止めて振りむいた。

「これといった流派の剣術を修めたはなしは聞きませぬ。ただ、父の数右衛門が起《き》倒《とう》流の練達《れんたつ》だとか」

「起倒流か」

佐賀《さが》藩鍋島《なべしま》家などで盛んな組討ちの流派らしい。

「得物《えもの》は刀でなく、千枚通しや陣鎌《じんかま》を使うとか」

「陣鎌」

数弥は養父から起倒流の手ほどきを受けているのかもしれない。

二刀を腰に差したまま、背帯から咄嗟に陣鎌を抜かれたら、さしもの高柳もなす術がなかったとは考えられまいか。

「高柳さまは斬った相手の顔をご覧になったはず。なのに、役人には何ひとつ告げられませんでした。そのあたりも気になりますな」

高柳はその夜、たまたま平河町の露地裏を通りかかったのだろうか。

角南数弥が出没するのを知ったうえで足を運んだとすれば、はなしはずいぶん異なったものになろう。

「なるほど、高柳さまは四年前の出来事に疑念を抱かれ、いろいろ探っておられたのやもしれませぬな」

角南数弥から何かを聞きだそうとして近づいたのかもしれない。

そう考えれば、役人に素姓を明かさなかった理由も説明できそうな気がする。

下手人を捕まえさせて白洲で裁くよりも、真相を突きとめたうえで、みずから裁きを下したいのであろう。

だが、すべては憶測の域を出ない。

まことの気持ちは、高柳から直に聞いてみるしかなかった。

馬場のほうから風が吹いてきた。

灌木《かんぼく》の枝が揺れている。

右手には築地塀がうねうねとつづいていた。

散策でも歩く道だが、何やらいつもとちがう。

「獣の臭いがいたしませぬか」

先導役の串部がつぶやいた。

——がさがさっ。

左手の藪が揺れる。

突如、黒いものが飛びだしてきた。
「ぬわっ」
串部は腰を抜かした。
突進してきたのは、ふた抱えもあろうという猪だ。
——ぶひっ、ぶひぶひ。
鼻息も荒く道を斜めに突っ切り、塀に激突してはまた突進する。
異様な情況下、蔵人介は別の気配を察していた。
「上か」
築地塀のうえに、人影が蹲っている。
叢雲《むらくも》が晴れ、翳《かげ》っていた月が顔をみせた。
「ひょう」
人影は伸びあがり、月を隠すように跳んだ。
まるで、むささびのようだ。
頭上へ覆いかぶさってくる。
蔵人介は胸を反らし、鳴狐を抜きはなった。
——きいん。

抜き際の一刀を難なく弾かれた。
人影は宙返りし、地べたにふわりと舞いおりる。
身軽な男だ。
顔に炭を塗っているので、双眸《そうぼう》だけが光ってみえた。
「忍びか」
ふたたび、月が叢雲に隠れていく。
蔵人介はゆっくり、刀を鞘に納めた。
手加減は一度のみ、二度目は確実に引導を渡してやる。
静寂に呑まれたかのように、相手はぴくりとも動かない。
「誰に命じられた」
闇に向かって尋ねると、にゅっと白い歯をみせた。
笑ったのだ。
「刺客め」
蔵人介は殺気を帯びた。
と同時に、人影は地を蹴って後方へ跳ぶ。
――たたたた。

蹬音だけを残し、馬場の向こうへ消えていった。

「驚いたな」

串部が腰をさすりながら身を起こす。

「あやつ、室賀の放った刺客にござりましょうか」

「いいや、そうではなかろう」

こちらの動きを察してはおるまい。

「ならば、いったい誰の配下なのか」

まったく、見当もつかなかった。

ともあれ、蔵人介の動きを見張っている者の仕業だ。

何のために見張られ、命を狙われねばならぬのか。

いつも忽然《こつぜん》とあらわれる痩せ男ともちがう。

串部は首を捻りつつ、壁際まで蹬音を忍ばせた。

大猪が泡を吹き、ひっくり返っている。

どうやら、脳震盪《のうしんとう》を起こしたらしい。

「殿、こやつ、どういたしましょう」

解体して食うつもりなのか、串部は眸子を光らせる。

「食わぬまでも、平河町の獣肉屋にでも持ちこめば、小銭を稼ぐことができますぞ。かは、かはは」

がに股で大笑する従者が、箱根山《はこねやま》の山賊にみえた。

蔵人介は脇を通りぬけ、先に立って歩きはじめる。

「お待ちくだされ。殿、猪をどうにかせねば」

猪よりも刺客のほうをどうにかせねばなるまい。

さらには、役目に忠実な普請奉行を罠に嵌めた企てを解きあかし、のうのうと甘い汁を吸っている連中を裁かねばならなかった。

だが、高柳にとっては迷惑なはなしかもしれぬ。

こちらで勝手に動いて室賀や角南父子を成敗しても、友には虚しさが残るだけであろう。

「高柳どの、どういたせばよい」

蔵人介はあれこれ迷いながら、暗い道を進んでいった。

六

二日後の朝、溜池《ためいけ》に井森新之丞の遺体が浮かんだ。

溜池は禁漁とされているが、肥った鯉《こい》や鮒《ふな》を釣りにくる連中は後を絶たない。遺体がみつかったのは太公望《たいこうぼう》たちしか知らぬ穴場のひとつで、井森も三日に一度は釣りに通っていたらしかった。

日頃から動きを探っている者でなければ、足を向けられるさきではない。

「ほとけは眉間を割られており、右小手も断たれておったとか」

殺ったのは、角南数弥か。

串部の一報に接し、蔵人介はすかさずそう判断した。

自分たちの訪問が死を導いたような気もして、井森の病んだ母親や幼い愛娘に申し訳ない気持ちでいっぱいになる。

「殿、こうなれば角南屋敷へ踏みこみ、白黒つけませぬか」

性急な串部の誘いに乗ろうと決めたのは、蔵人介にも焦りが芽生えていたからだ。

敵の動きは素早く、残忍さも予想をうわまわっていた。得体の知れぬ刺客に襲われたことも念頭にあったので、高柳への遠慮はいったん封印し、早急に手を打たねばならぬと判断したのだ。

角南屋敷は小川町二合半坂《おがわまちにごうはんざか》の坂下にあり、坂上には室賀采女の拝領屋敷もあった。

幸恵の実家がある俎《まないた》河岸にも近く、そちらを訪れたときは幸恵も連れて、かならず坂の頂点に立つ。

晴れた日に西方を仰げば、遥か彼方に富士山と日光山《にっこうさん》が重なってみえた。

富士山を十合とすれば日光山は五合の高さに達し、下半分は隠れて上の二合半分しかみえない。ゆえに、坂には「二合半」という名が付けられた。

正月は空気も澄んでいるので、雪を戴いた富士山と日光山はくっきりとみえる。

ついでに室賀屋敷の表門を睨みつけ、ふたりは勾配のきつい坂道を下っていった。

「策はございますか」

串部に聞かれ、首を横に振った。

そんなものはない。正面からぶつかるだけのはなしだ。

苦もなく屋敷をみつけ、冠木門の内へ足を踏みいれる。

初老の侍がひとり、玄関先を竹箒《たけぼうき》で掃いていた。

当主の角南数右衛門にちがいない。

物腰から確信しつつも、蔵人介は素知らぬ顔で尋ねた。

「もし、角南数右衛門どののお宅はこちらでござろうか」

振りむいた顔は土色に近く、あきらかに警戒している。

「主人にござりますが、貴殿は」

「本丸御膳奉行の矢背蔵人介と申す。じつは、ご子息の数弥どのについて伺いたいことがござってな」

「はあ、何でござりましょう」

「四日前の晩、平河町の露地裏で友が指を斬られた。相手の人相風体が数弥どのと似ておると申す者がおってな、ご本人に確かめたいのだが」

「何かのまちがいにござりましょう」

「そう断言できる根拠はござるのか。じつは、ご子息の噂も耳にした。無頼旗本と囁く者もおる」

「本人に確かめたところで、みとめるはずはござりませぬ。それでもよろしければ、呼んでまいりますが」

「かまわぬ」

面と向かってはなせば、白か黒かはおのずとわかる。

数弥は外出しているので、呼びもどすまでに時が掛かると伝えられた。

いくらでも待たせてもらうと告げるや、玄関脇の客間に案内され、一刻《いっとき》（二時間）余りも待たされた。

「茶の一杯も出ぬとはな」

串部は焦《じ》れったさを隠せず、たらたら文句を並べたてる。

「数弥め、何処に行きおったのか。いくらなんでも遅すぎる」

怒った声が届いたのか、にわかに外が騒々しくなった。

部屋の戸が乱暴に開き、角南数右衛門がはいってくる。

後ろには数弥ではなく、大柄の月代侍をしたがえていた。

一度目にしたことがある。室賀采女の用人にほかならない。

「神保《じんぼ》さま、あやつめにござります。幕臣だなどと身分を偽り、当方に妙な言いがかりをつけ、金を脅しとろうとしておるのでござりましょう」

角南数右衛門は、興奮の面持ちでまくしたてる。

神保と呼ばれた用人は、居丈高に言いはなった。

「そちの名は」

蔵人介は動じず、平然と応じてみせる。

「まずは、そちらから名をお聞かせ願おう」

「わしは神保鉄三郎《てつさぶろう》、小普請組御支配であられる室賀采女さまの用人頭じゃ」

「なるほど、先だって内桜田御門前でお目に掛かった顔だな」

「ん、おぬしはあのときの」

「さよう、本丸御膳奉行の矢背蔵人介にござる。騙《かた》りとおまちがえなら、お引き取り願いたい」

素姓が判明しても、神保は態度をあらためようとしない。

「言い分があるならば、数寄屋橋の南町奉行所でまずは詮索を受けよ」

「何を言うておるのか、ようわからぬな」

「されば、外に出てみるか。もうすぐ、捕り方が大挙してやってこようぞ」

「町奉行所の捕り方を呼びつけたと申すのか」

「そうじゃ。わが殿の室賀さまは、南町奉行の鳥居さまと昵懇《じっこん》であらせられる。ひと声お掛けいたせば、捕り方を自在に差しむけることができるのじゃ。驚いたか、ふん、逆らってよいことはひとつもないぞ」

「これは異なことを。無実の旗本に縄を打てば、貴殿や室賀さまばかりか、御奉行の進退にも響きましょうぞ」

頑として動かぬ構えをみせると、さらにもうひとりの人物が部屋にはいってきた。

「ふはは、わしに用があるというのは、おぬしか」

狂気走った眸子をみれば、角南数弥だとすぐにわかった。

「ほれ、言うてみよ。わしに何が聞きたい」

「まずは、お座りなさい」

手厳しく言いはなつと、数弥は舌打ちしながら上座へまわりこむ。

数右衛門と神保は脇に座り、蔵人介と串部は下座に据えおかれる。

これでは、どちらが詮索を受けるのかもわからない。

蔵人介は顔色も変えず、数弥に向きなおった。

「ちょうどよい。神保どのにも証人になっていただこう。四日前の深更、おぬしは平河町の露地裏で凶事をはたらいた。それにおぼえはないか」

「ふん、四日前のことなどおぼえておらぬ。何せ、昨日のことすらおぼえておらぬゆえのう」

惚けているのは明白だが、ここは平静さを保たねばならない。

「おぬしは酔ったうえで、とある侍と口論になり、相手が刀を抜いておらぬにもかかわらず、右手の指を二本断った。それだけのことをしておきながら、忘れたとは言わせぬぞ」

「おもいだした」

意外にも、数弥はあっさりみとめた。

「されど、事情はちがう。あやつは刀を抜いたぞ。だいいち、抜かねば指は斬れまい。こうして、あやつが斬りつけてきたところに拍子を合わせ、小手打ちにしてやったのだからな」

そのときの情況を再現しつつ、数弥は滔々《とうとう》と語りだした。

「あやつは辻斬りだ。わしらのほうには証言できる者もおる。ふたりもおるぞ。あやつはたぶん、金銭目当ての辻強盗にちがいない。指を失ったあげく、後生《ごしょう》ゆえ、このことは誰にも告げずにおいてほしいと懇願した。女々《めめ》しいやつさ。さような者のことなど、とんと忘れておったわ」

数弥は惚けながら、巧みに嘘を吐きつづける。

蔵人介は粘った。

「おぬしが対峙した相手は、小手打ちの名手だ。おぬしごときに指を落とされるはずはない」

「ひゃはは、わしも小手打ちの名手でな、自分の口で言うのも何だが、江戸では一番だとおもうておる。のう、親父どの」

振られた数右衛門は、顰め面でうなずいた。

「ふん、愛想《あいそ》のない親父め」

数弥は低声で悪態を吐き、ふたたび喋りだす。

「されど、刀は使わぬ。わしの得物はこれだ」

背帯から抜かれたのは、予想どおりの得物だった。

「わかるか、これは陣鎌だ。斬れ味は鋭いぞ」

「その鎌で、井森新之丞も殺ったのか」

後ろの串部が、怒りにまかせて口走った。

「何だと」

数弥のみならず、数右衛門と神保も目を剝いた。

角南父子はあきらかに、動揺の色を隠せない。

それが確かめられただけでも、足労した甲斐はあったというものだ。

「おぬしは鬼役の従者か」

数弥が怒鳴った。

さきほどまでとは打って変わり、あきらかに冷静さを欠いている。

「従者の分際で戯れ言を吐き、わしを人斬りに仕立てる気か。許さぬぞ。この場で成敗してくれようか」

「上等だ」

がばっと、串部は立ちあがる。

手狭な部屋に殺気が膨らんだ。

ここで刀を抜けば、大事になりかねない。

出直してきたほうがよさそうだなと、蔵人介は判断した。

数右衛門もいち早く危機を察し、立ちあがりかけた数弥を宥《なだ》めて座らせる。

「ともあれ、ここはいったんお暇《いとま》いたそう」

蔵人介は言いはなち、右脇に置いた刀を取って立ちあがった。

「待て」

神保は慇懃《いんぎん》無礼な態度で釘を刺すのを忘れない。

「二度とかようなまねはせぬように。さもなくば、御奉行の鳥居さまから直に裁いていただかねばならぬぞ」

「それは脅しか」

蔵人介は、ふっと笑った。

「脅しの効く相手と効かぬ相手がおる。そのあたりをわきまえよ」

「何じゃと。おぬしら、ようおぼえておくぞ。角南どの父子にまんがいちのことがあれば、いの一番に鳥居さまのご配下を差しむけるからな」

お門違いも甚だしい。そもそも、旗本を詮議するのは町奉行所の役人ではなく、目付の役目だ。

あまりの浅はかさに辟易《へきえき》しながらも、蔵人介は一抹の不安を抱かざるを得ない。

奸計《かんけい》に長《た》けた鳥居耀蔵に出張ってこられたら、やはり、厄介なことになるからだ。

それにしても、角南家と室賀家の関わりは想像以上に濃密であった。

しかも、室賀は今や飛ぶ鳥を落とす勢いの鳥居とも通じている。

「ちと嘗めすぎたか」

嫌な予感を抱きつつ、蔵人介はつぶやいた。

七

三日後、十四日。

家々の軒下には、豊作を祈願する削り掛けが吊りさげられた。柳の枝を采配のようなかたちに削った代物で、通常は三寸ほどの大きさだが、大名屋敷ともなれば尺余におよぶものも見受けられる。

暮れ六つ過ぎ、高柳から早文が届いた。

ちょうど、案じていた矢先のことだ。

——骨を拾ってほしい。

という文言が、目に飛びこんできた。

「まずい」

蔵人介は文に目を通し、床の間の刀掛けに飛びついた。

夕餉の仕度が調《ととの》ったところで、幸恵がその旨を告げにくる。

「すまぬが、串部を呼んでくれ」

蔵人介の厳しい口調に、幸恵は小首をかしげた。

「今からお出掛けでござりますか」

「ふむ、急がねばならぬ」

尋常ならざる様子を察し、幸恵は急いで奥へ引っこんだ。

串部を連れて戻り、背後にまわって羽織を着せてくれる。

「何も聞かぬのか」

二刀を腰に差し、蔵人介は問うた。

幸恵が上目遣いに聞きかえす。

「お聞きしてもよろしいのですか」

「いや」

「ならば、何も聞きませぬ。上々のご首尾《しゅび》をお祈りしております る」

「ふむ。ちなみに、今宵のおつけは」

「業平《なりひら》の蜆《しじみ》にございますが」

「一杯貰えぬか」

「ただいま」

ほどもなく、幸恵は膳を運んできた。

黒塗りの椀が、美味そうな湯気を立てている。

ずるっとひと口啜ると、百倍の勇気が湧いてきた。

「それがしも、いただきましょう」

串部もひと口啜り、あちちと熱がってみせる。

猫舌なのだ。

玄関へ向かうと、志乃と卯三郎が待っていた。

志乃は鑽火《きりび》を切り、黙って送りだしてくれる。

おそらく、死地へ向かうものと察しているのだろう。

気の早い串部は鉢巻きを締め、襷《たすき》掛けまでやりはじめる。

蔵人介は志乃たちに一礼し、背を向けて門の外へ飛びだした。

「間に合ってくれ」

念じつつ、裾を捲って地を蹴りあげる。

文には「護寺院ヶ原《ごじいんがはら》」とあり、一ツ橋《ひとつばし》御門に向かって右手に広がる火除地《ひよけち》の簡略な図面が描かれてあった。火除地の端に朱でしめされたあたりには、たしか、馬頭《ばとう》観音が立っていた。夜盗の出没するあたりだ。高柳はどうやら、そこへ角南数弥を呼びつけ、決着をつけるつもりらしい。

文には、室賀采女の企てた四年前の仕打ちが綿々《めんめん》と記されていた。

角南数弥に語らせた内容であるという。詳しい経緯はわからぬが、高柳は以前から数弥と繋がりを保っていた。小金を渡して手懐《てなず》け、四年前の事情を探っていたのだ。

高柳は数弥の首を手土産にして角南家と室賀家へ乗りこみ、企てに関わった者たちを成敗するつもりのようだった。蔵人介を護寺院ヶ原に呼んだのは、数弥こそが最大の関門と考えているからだ。

胸騒ぎを禁じ得ぬまま、どうにか護寺院ヶ原にたどりついた。

あたりは暗く、聞こえてくるのは濠端から吹きよせる風音だけだ。

千代田城の石垣や御殿も闇に溶け、鬱勃《うつぼつ》とした影を投げかけている。

蔵人介は呼吸を整え、雪の残る火除地のなかへ踏みこんでいった。

――さくっ、さくっ。

踝《くるぶし》まで埋まりながら進むと、苔生《こけむ》した馬頭観音のもとへ行きつく。

人影はない。

だが、血腥《ちなまぐさ》い臭いは感じられた。

「殿、あれを」

串部が叫んだ。

すぐそばに、骨のような枝を伸ばした灌木が立っている。

何者かが根本に座り、背をもたせかけていた。

「高柳どの、そこにおるのは高柳どのか」

急いで身を寄せると、目を瞑《つむ》った高柳が座っている。

ざんばら髪になったすがたは、落ち武者のようだ。

刀を摑んだ右手は、しっかりと紐で括《くく》られている。

からだはまだ温かい。息もあった。

「高柳どの、しっかりいたせ」

両手で肩を揺さぶると、友は薄く目を開けた。

「……や、矢背どの……き、来てくれたのか」

「すまぬ、遅うなった」

「……よ、よいのだ」

高柳は首を振り、右手を持ちあげようとする。

震えて持ちあがらず、力なく微笑んでみせた。

「……ち、父がな、縛ってくれた」

「さようか」

「……そ、そのあと、この手で父を」

「えっ」

四年前の事情を知った父は、死を望んだらしい。

最期は「すまぬ、すまぬ」と涙を流して謝り、自在に動かぬ身を起こして腹まで切ろうとした。

高柳は不退転の決意を固め、父を刺したその足で護寺院ヶ原へやってきたのである。

「……あ、あれを」

指を差したほうへ目を向けると、人影がふたつ倒れていた。

串部が駆けより、屍骸となった者たちの顔を確かめる。

「穀潰《ごくつぶ》しどもにござります」

数弥の手下であろう。

斬り傷は無数にあり、たがいに死闘を演じたことが窺えた。

肝心の数弥にも手傷を負わせたが、致命傷にはいたらずに逃がしてしまったという。

「……ち、ちと無理があった……あ、あの晩、あやつめは戯《たわむ》れて言うたのだ」

数弥は四年前の真相を告白するのと交換に、右手の指を二本くれと軽い気持ちで言ったらしい。

高柳は申し出を呑んだ。真相を聞きだしたあと、約束どおり、だいじな指を二本くれてやった。それゆえ、何者かの一報で町奉行所の役人が駆けつけても、経緯を告げなかったのだ。

「……む、無念でござる」

「何を申すか。気を確かに持て」

懸命に励ましつつも、手当すらできぬほどの深傷《ふかで》であることはわかっていた。

高柳は虫の息になった。

「……こ、これを」

襟元から紙が一枚覗いていた。

取りだして開くと、月代を大きく剃りあげた拙《つたな》い顔が描かれている。

雪という愛娘が描いた父の顔であった。

高柳は眸子に涙を溜めて懇願する。

「……か、介錯を……た、頼む」

最期は武士らしく死にたい。

それが友のたっての願いだった。

蔵人介はうなずき、右手の縛られた紐を解いてやる。

脇差を握らせると、高柳は震える身を引きおこした。

蔵人介は立ちあがり、ゆっくり脇へまわりこむ。

串部は息を呑んだ。
——ばさっ。
灌木の高みから、木菟《みみずく》が飛びたった。
ぴくっと、高柳の耳が動く。
刹那、蔵人介は抜刀した。
——ひゅん。
刃音とともに、首が落ちる。
——うおおん。
暗闇の彼方から、山狗《やまいぬ》の慟哭《どうこく》が響いてきた。
「仇はかならず、討ってやるからな」
蔵人介はつぶやき、鳴狐を納刀する。
もちろん、この足で小川町の二合半坂へ向かうつもりだ。
こんどこそは容赦せぬ。
蔵人介は胸に誓い、馬頭観音に背を向けた。

八

角南の屋敷には人っ子ひとりおらず、坂道を上ってみると、室賀の屋敷は大勢の捕り方に囲まれていた。

野次馬のひとりに聞いてみると、南町奉行所の捕り方だという。

「ようわからぬが、賊から守るためらしい」

それを聞いて、怪我を負った角南数弥が駆けこんだにちがいないとおもった。

実父の室賀采女は不肖の息子に泣きつかれ、南町奉行の鳥居耀蔵に防《ふせぎ》を依頼した。

依頼するほうもどうかとおもうが、依頼に応じるほうも役目を履きちがえている。

「同じ穴の狢《むじな》、腐れ縁で結ばれているということさ」

蔵人介は屋敷に背を向け、坂道を下りはじめた。

鳥居や室賀が警戒しているのは、いったい誰なのか。

「それは殿かもしれませんぞ」

串部の言うとおりだ。相手に正体を明かしているし、鳥居もこちらの素姓を知っている。何と言っても、室賀や角南父子には命を狙われる理由があり、そのことを自分たちもわかっていた。だからこそ、外聞も顧みずに屋敷の防を固めさせたのだろう。

「しばらくは様子をみるしかござりませぬな」

少なくとも、今宵は自重したほうがよかろう。

高柳の無念をおもえば、溜息を吐きたい気分だ。

仕方なく歩を進めると、坂の上から経が聞こえてくる。

ふたりは足を止め、じっと耳を澄ました。

「一即一切、一切即一、一入一切、一切入一……」

華厳経のようだ。

主従は坂道を取ってかえし、野次馬や捕り方どものあいだを擦りぬけた。

行く手は田安《たやす》御門へ通じる広小路、往来のまんなかに白い衣を纏った尼僧が佇んでいる。

「殿、あれはもしや」

六文銭を手渡された尼僧ではないか。

「まちがいあるまい」

妖しげに微笑み、こちらに背をみせる。

「誘っておるのか」

か細い背中を追いかけた。

尼僧は滑るような足取りで進み、千鳥ヶ淵《ちどりがふち》の薄暗い濠端を麴町《こうじまち》のほうへ進んでいく。

水面に映る月が揺れながら、何処までも従いてきた。

月影を纏った後ろ姿は妖艶だが、危うい感じもする。

尼僧は麴町を通りすぎ、さらに濠端を進んでいった。

左手に広がる濠は、半蔵《はんぞう》濠から桜田濠と名を変える。皀角《さいかち》河岸の右手に連なる海鼠塀は、井伊掃部頭《いいかもんのかみ》の上屋敷を囲う塀であろう。そのさきには、安芸広島《あきひろしま》藩を治める浅野《あさの》家の上屋敷がつづく。外桜田の広大な拝領地には、大大名の上屋敷が集まっているのだ。

尼僧は外桜田御門の南詰めを突っ切り、日比谷濠に沿って進みはじめた。

右手につづくのは、出羽《でわ》米沢藩を治める上杉家と長門萩《ながとはぎ》藩を領する毛利《もうり》家の上屋敷だ。

日比谷御門は目と鼻のさきに迫っていた。

毛利屋敷を過ぎたところで、尼僧はふいに消える。

蔵人介と串部は急いで追いかけた。

たどりついたさきにも、立派な武家屋敷が建っている。

門構えは大名屋敷の長屋門と異なり、由緒ある寺院で見掛けるような唐門《からもん》であった。

「おしとねすべりの女官たちが住まう、桜田の御用屋敷でござりますな」

かつて将軍の側室だった大奥女中たちが暮らす隠居屋敷にほかならず、亡くなった将軍の菩提《ぼだい》を弔うべく落飾した者たちが多いと聞く。身分の高い者はお付きの者も連れているので女官たちの数は多く、巷間では「城外の大奥」と称されることもあった。

門脇の潜り戸が開き、白い腕が手招きをする。

主従は警戒しながらも、潜り戸に吸いこまれていった。

白砂の敷かれた庭が、月影に蒼々と浮かびあがっている。

妖しげな尼僧はいない。

何者かの気配を察し、蔵人介は背後を振りあおいだ。

「ん」

唐門の屋根に、人影が蹲っている。

「あやつ、甲良屋敷の往来で襲ってきた刺客にござりますぞ」

串部が身構えた。

「くふふ」

別のほうから、ふくみ笑いが聞こえてくる。

振りむけば、さきほどの尼僧が立っていた。

「あの者は小籔半兵衛《こやぶはんべえ》、わたしは里《さと》。半兵衛は御屋形さまに仕える御庭《おにわ》の者《もの》にござります」

「喋りおったな」

串部は身を低くし、今にも駆けだそうとする。

「焦りは禁物。さあ、こちらへ」

里と名乗った尼僧の背につづき、主従は奥まったところに建つ屋敷へ導かれた。

玄関へは向かわず、脇道から裏手へ進む。

屋敷も広いが、庭も広い。

瓢簞池《ひょうたん》などもあり、朱の太鼓橋が架かっている。

橋を渡ったさきは竹垣に囲まれ、茶室のような柿葺《こけらぶ》きの庵《いおり》が佇んでいた。

「こちらにございます」

入り口の軒下には「如心」と書かれた扁額《へんがく》が掛かっている。

「如心《じょしん》とは、どういう意味であろうか」

蔵人介の問いに、里は微笑んだ。

「心のままにという意味ではないかと」

「心のままに」

まじないにでも掛けられたように、すっと肩の力が抜けてくる。

入り口は躙り口《にじぐち》ではない。

玄関の戸を開けると三和土《たたき》があり、草履を脱いで廊下にあがった。

平屋は奥行きがあり、廊下を三つほど曲がると坪庭をのぞむ部屋に出る。

「さあ、こちらへ」

誘われるがままに部屋へはいり、下座に落ちついた。

書院造りの床の間が設《しつら》えられた八畳ほどの部屋である。

軸には観音菩薩が描かれ、花入れには千両が生けてあった。

目にも鮮やかな真紅の実が、黄金に輝く観音菩薩を引きたてている。

「少しお待ちを」

里は消え、ひんやりとした部屋でしばらく待たされた。
喋りの好きなはずの串部が、じっと沈黙を決めこんでいる。
どことなく張りつめた空気が漂っており、しわぶきひとつ躊躇われた。
里が「御屋形さま」と呼ぶ部屋の主は、なかなかあらわれない。
味方なのか、それとも敵なのか。
何故、六文銭を手渡し、御庭の者に襲わせたのか。
さまざまな疑念が、胸の裡に浮かんでは消えた。
もう一度、部屋をみわたしてみる。
書院の端に文筥《ふばこ》が置いてあり、欄間《らんま》には見事な龍の透かし彫りがほどこされていた。
「ん」
蔵人介は息を呑む。
釘隠しの模様が葵《あおい》の紋であることに気づいた。
立ちあがってみると、文筥の蓋にも葵の紋が金泥《こんでい》で描かれている。
よほど身分の高い女中でなければ、こうした造作や調度は許されぬはずだ。
閉じきりになった襖の向こうに、人の気配が立った。

蔵人介は座りなおし、畳に両手をついた。

音も無く襖が開き、白檀《びやくだん》の香《か》が忍びこんでくる。

後ろの串部も、潰れ蛙のごとく平伏していた。

何故か、そうせねばならぬ衝動に駆られたのだ。

あらわれたのが高貴な人物であることはまちがいない。

「面をあげよ」

絹のように滑《なめ》らかな声がした。

蔵人介は顔を持ちあげ、詰めた息をほっと吐きだす。

高価な玉露《ぎよくろ》をひと口呑んだあとの嘆息にも似て、安らぎと深い味わいをともなった目見得《めみえ》であった。

九

目の前に座っているのは、ふくよかな美しい尼僧である。

「わらわは如心尼《によしんに》、桜田御用屋敷の差配を任されておりまする。そなたが矢背蔵人介かえ」

「はっ」

「なかなかに頼もしい風貌じゃ。中奥の笹之間で上様のお毒味役を務めておるのか。ならば、大奥の事情も少しは耳にはいってこよう。されど、わらわの顔は知るまい。さすがの鬼役も大奥へは渡るまいからの」

薄暗がりに、白い顔が浮かびあがってみえる。

化粧は薄いものの、齢は容易に判断しがたい。

四十に届かぬほどにも、還暦を過ぎているようにもみえた。

表情の微妙な変化に応じて、受ける印象がまったくちがったものになる。

「こちらへまいったのは一年前じゃ。長らくお仕えした御台様《みだい》が身罷《みまか》られてな。身も心も萎《な》え、あらためて人とはこれほどに弱いものかとおもうたわ」

尼僧の正体がわかった。

——万里小路局《までのこうじのつぼね》。

家斉と家慶の二代にわたり、大奥の筆頭老女を任された人物である。

大納言池尻暉房《だいなごんいけがみてるふさ》の娘として京に生まれ、家慶の正室として十で江戸入りを命じられた喬子《たかこ》女王の世話役となった。爾来《じらい》、喬子女王を支えつづけてきたが、今から四年前に家慶が将軍に就くと、将軍付きの上臈御年寄《じょうろうおとしより》に昇進し、万里小路を名乗るようになった。二年半のあいだ大奥の筆頭老女をつとめ、喬子の逝去にともなって落飾した。

惜しまれつつも桜田御用屋敷へ移ったはなしは、蔵人介も噂には聞いていた。大奥女中たちから「までさま」と親しげに呼ばれ、大奥を牛耳《ぎゅうじ》る姉小路《あねがこうじ》でさえも逆らえぬ相手であったという。

如心尼と別号に名をあらためた「までさま」が、何故、秘密めいた手法で屋敷に招いたのか。その理由が今まさに、解き明かされようとしている。さまざまな憶測が脳裏にめぐり、さしもの蔵人介も平静ではいられなくなった。

「用件を申そう。小普請組御支配、室賀采女なる者、不埒《ふらち》につき成敗いたせ」

「えっ」

「承服できぬか。ならば、室賀の罪状を述べさせよう。里、あの者を呼べ」

「はい」

いつの間にか側に侍《はべ》っていた里が消え、別の人物が音もなく部屋にはいってくる。

「あっ」

蔵人介も串部も驚いた。

何と、平伏してみせたのは、公人朝夕人の土田伝右衛門なのだ。

「紹介するまでもあるまい。おぬしらは昵懇なのであろう。されば、さっそく罪状を説きやれ」

「はっ」

伝右衛門は表情も変えずに語りはじめる。

「室賀采女は小普請の旗本たちより秘かに献金を受け、役付きになるよう便宜をはかっております。それぱかりか、上納された小普請金の一部を着服し、みずからの地位を保全すべく、幕閣の重臣方に金品を献上しておること、すでにあらかたの調べはついてござります」

「それだけでも、万死に値しよう。されど、室賀を罰すべき理由はほかにある。大石が落下した四年前の凶事については、おぬしも調べておろう。あれは御普請奉行の座を狙った室賀の企てによるものじゃ。証拠《あかし》はない。されど、秘かに証言する者はおる。あのとき、大石の下敷きになった者が三人おった。そのうちのひとりが、愛娘を大奥へあがらせておった。力自慢の御末《おすえ》であるその娘からの訴えでな、どうしても石に潰されて亡《な》くなった父の無念を晴らしたいと申す。わらわは熟慮し、哀れな御末の気持ちを汲みとることにした。それゆえ、公人朝夕人に調べを請うたのじゃ」

蔵人介は我慢できず、胸に燻《くすぶ》った問いを発した。

「何故、土田伝右衛門に調べを託されたのでござりますか」

「それはな、徳川家に間《かん》をもって仕えねばならぬ者ゆえじゃ」

「間と仰せになりましたか」

「ふむ」

如心尼はうなずき、凛《りん》とした口調で命じた。

「里、文筥を持て」

「はい、ただいま」

里は立ちあがり、書院から文筥を携えてくる。

如心尼は葵の紋が描かれた蓋を開け、恭《うやうや》しく書状を取りあげた。

「近《ちこ》う」

呼ばれて膝行《しっこう》すると、書状を手渡された。

特徴のある筆跡が、目に飛びこんでくる。

「……こ、これは」

「さよう、上様直筆の書状じゃ。何と書いてある」

「如心尼さまへ『寵臣橘右近の後顧《こうこ》を託す』とござります」

「それがこたえじゃ」

蔵人介は、心の動揺を隠せない。

「されば、御用之間に置いてあった上様直筆の短冊も」

「『季節外れの橘一輪、千紫万紅を償いて余れり』と、上様はお書きになり、わらわに託された。あの短冊は、里に命じて御用之間に置かせたものじゃ。わらわとて、おぬしを信用しきっておったわけではない。ゆえに、足労するのを躊躇《ためら》った」

「さようにござりましたか」

「今日がはじめてではないぞ。神無月の十六夜にも、公人朝夕人を通じて密命を与えたはずじゃ。不埒な奥御右筆組頭を滅するようにとのう。されど、おぬしは別の者に先を越され、密命を果たすことができなんだ。心に迷いがあったからじゃ。わらわは、おぬしの力量を疑った。はたして、剣をもって仕えるに足る者なのかどうか。それゆえ、丸田川春満と申す軒猿の首魁と競わせたり、御庭の者に命じて腕をためさせたのじゃ。されども、迷うておるのは、わらわのほうかもしれぬ。はたして、橘さまのようにできるのかどうか。心を鬼にして、人を滅する密命を与えられるのかどうか、じつを申せば今も悩んでおる」

蔵人介は書状を返し、がばっと畳に両手をついた。

「密命の有無にかかわらず、室賀采女については悪事に関わった者たちともども、彼岸へおくって進ぜましょう」

「さようか、やってくれるか」

如心尼は嚙みしめるようにつぶやき、眸子をわずかに潤ませる。

「如に心と書いて恕《ゆる》すと読む。どのような罪を犯した者でも、仏ならばお恕しになるであろう。そうあってほしいという願いから、わらわは別号に如心と付けた。されど、わらわのもとには、お城の内外から耳をふさぎたくなるようなはなしがもたらされる。なかには、大目にみることのできぬものもあってな。人の欲は尽きず、業とは恐ろしいものじゃ。この世にも閻魔大王の役割を果たす者が必要かもしれぬ。少なくとも、今はそうおもっておる」

強い意志の感じられることばだ。

如心尼は短冊を手に取り、濃い墨をたっぷりふくんだ筆を走らせた。

「これを」

蔵人介は身を寄せ、短冊を押しいただく。

みやれば、尼僧らしからぬ激しい文言が書きつけられてあった。

「『白刃踏むべし』、唐土《もろこし》の格言じゃ」

密命を下す者も受ける者も、白刃を踏むことをも辞さぬ覚悟が要る。

如心尼の口調が優しいものに変わった。

「生前、橘さまと何度かおはなしをしたことがあってな、おぬしのことをずいぶん褒めておられたぞ。『中奥の笹之間に閻魔にうってつけの者がいる』と仰せになってな。『閻魔というよりは鬼でござる』と仰り、呵々《かか》と大笑しておられた。懐かしいのう。あのお方を失ったのは、徳川家にとっても大いなる損失じゃ」

如心尼のことばが胸に沁み、橘の面影が鮮やかに甦ってくる。

「新任の町奉行ごときに口出しはさせぬ。手出しもさせぬゆえ、かならずや密命を果たしてたも」

「御意《ぎょい》にござります。如心尼さまにおかれましては、心安んじておられますよう」

蔵人介は力強く応じ、畳に平伏した。

如心尼は安堵したように、ふわりと立ちあがる。

そして白檀の香を残し、襖の向こうに去っていった。

十

二日後の十六日は藪入《やぶい》り、奉公人は三日間の休みを貰う。大奥の女中たちも宿下《やどさ》がりを許され、市中いたるところに人の賑わいができた。また、この日は閻魔の斎《さい》日《にち》でもあるため、江戸でいちばん大きな閻魔座像を開帳する蔵前《くらまえ》の華徳院《かとくいん》などは立《りっ》錐《すい》の余地もないほどの人々で埋めつくされる。

蔵人介も家のみなをともなって華徳院に参じ、閻魔像に向かってひとり秘かに密命の達成を祈願した。

二合半坂の坂下、角南屋敷に向かったのは昼の八つ刻のことである。

明るいうちに足を運んだのは、夕刻に城から戻ってくる室賀采女の帰宅を睨んでのことだった。

「今日で一気にけりをつける」

蔵人介は串部に強い決意を告げていた。

角南屋敷の門前までやってくると、野良着姿の男が待ちかまえている。

小籔半兵衛であった。

如心尼の命で寄こされたらしい。

明るいところで眺めてみると、皺顔の猿にしかみえない。

「今日は猪をけしかけぬのか」

串部にからかわれても、表情ひとつ変えなかった。

齢もわからない。

ともあれ、味方になれば心強い男にちがいなかろう。

「用人も奉公人も出払ってござる」

半兵衛は掠《かす》れた声で屋敷の情況を説いた。

「雨戸は閉めきられてござるが、内には人の気配があきらかに」

「どういうことだ」

「角南数右衛門は起倒流を修めた忍び、おそらく、罠を仕掛けておろうかと」

「一筋縄ではいかぬというわけか」

「お邪魔でなければ、先導いたしましょう」

「ふむ、頼む」

正門脇の潜り戸は開いていた。

やはり、罠に導こうとしているのだろうか。

門前に人影がないのを確かめ、敷地の内へ忍びこむ。

半兵衛の言うとおり、母屋の雨戸は閉めきられ、閑寂《かんじゃく》としていた。

蔵人介と串部は、何気なく玄関へ近づく。

「お待ちを」

呼びとめる半兵衛は、ひと抱えもある石を持ちあげ、こちらへ運んでくるや、えいとばかりに抛《ほう》りなげた。

——どしゃっ。

石が落下した途端、地面にぽっかり穴が開く。

「落とし穴にござる」

角南数右衛門が竹箒で掃いていたあたりだ。

穴を上から覗くとかなりの深さがあり、下方に竹槍が敷きつめてあった。

「黒鍬者なれば、こうした仕掛けはお手のものにござろう」

屋敷のなかにも、妙な仕掛けはありそうだ。

「厄介だな」

裏を返せば、それだけ警戒しているということになる。

半兵衛は玄関を避け、脇のほうから中庭にまわった。

雨戸を一枚外し、慎重に母屋の廊下へ忍びこむ。
手招きされた。
串部を見張りに残し、蔵人介だけが半兵衛の背につづく。
廊下は暗く、さきまで見通すこともできない。
が、すぐに目は慣れた。
廊下は数歩さきで右に曲がっており、半兵衛はふいに立ち止まる。
何か察したのであろう。
ふたたび忍び足で歩きはじめ、素早い身のこなしで廊下を曲がった。
――びゅん。
弦音《つるおと》とともに、二本の矢が飛んでくる。
半兵衛は海老反りになり、巧みに二本の矢を躱す。
屈んで床板を指差した。
その板を踏めば、矢が飛びだす仕掛けになっているのだ。
蔵人介は隅からまわりこみ、廊下を右に曲がった。
ふたつ目の廊下は二十間ほどつづき、行き止まりになっている。
行き止まりの手前にあるのが寝所らしく、そちらから人の気配がしていた。

半兵衛は猫背になり、抜き足差し足で近づく。

蔵人介も、ぴたりと後ろにつづいた。

暗い隧道《ずいどう》をたどる鼠にでもなった気分だ。

角南数右衛門は身を守る術に長けている。四年前に仲間を裏切って自分だけが出世できたのも、ここまでの慎重さがあったからこそであろう。

寝所のまえにたどりついた。

半兵衛は息を詰め、戸を開けようとする。

待て。

蔵人介は胸の裡に叫び、半兵衛の肩に手を置いた。

自分のほうが前に乗りだす。

不吉な勘がはたらいたのだ。

半兵衛にうなずいてみせ、開き戸に手を掛ける。

——みしっ。

踏み板が軋んだ。

一気に戸を開ける。

——ぶわっ。

凄まじい風圧とともに、槍衾《やりぶすま》の畳が持ちあがってきた。
「ぬおっ」
蔵人介はすかさず、鳴狐を抜刀する。
——ずん。
刃の先端を畳に突きさし、勢いを止めた。
不規則に並んだ槍の穂先は、鼻先にある。
畳を蹴倒すや、十字手裏剣が飛んできた。
——きいん。
これを弾くと、人影が天井から襲いかかってくる。
「はっ」
後ろの半兵衛が、猿《ましら》のごとく跳ねとんだ。
相手に抱きつき、部屋のまんなかで組みふせる。
どんと胸を蹴られ、畳に転がった。
すぐさま跳ね起き、がに股で身構える。
忍び装束の相手は、数右衛門にほかならない。
肩を怒らせ、爪先を躙りよせてくる。

ふたりとも、右手に苦無《くない》を握っていた。

土を掘る道具で、命の取りあいをするのだ。

「やはり、鬼役が来おったか」

数右衛門は吐きすてる。

「怪しいとおもうておったわ。おぬし、隠密か。水野さまや鳥居さまに逆らう者と通じておるのか。ふん、こたえずともよいわ。おぬしの首をあげれば、室賀さまのお手柄ともなろう。室賀さまが出世なされば、わしもさらに上へ行ける。双六《すごろく》のあがりは御目付か町奉行じゃ。黒鍬者でそこまで到達できた者は、ただのひとりもおらぬからのう」

「言いたいことは、それだけか」

蔵人介の台詞は、六文銭の代わりになった。

「ふおっ」

半兵衛が猪のごとく突進し、数右衛門は真上に跳躍する。

跳んだ瞬間を狙って、蔵人介は脇差を投げつけた。

「ひゃっ」

数右衛門が悲鳴をあげ、畳に落ちた。

眉間には深々と、脇差が刺さっている。

半兵衛がこれを引きぬき、袖で血を拭ってくれた。

襖一枚隔てた奥の部屋から、荒い息遣いが聞こえてくる。

高柳の仇、角南数弥がまだ残っていた。

半兵衛が歩みより、すっと戸を開ける。

饐《す》えた臭いのする部屋には蒲団が敷かれ、頭から首まで晒布《さらし》を巻いた数弥が臥《ふ》していた。

高柳によほどの深傷を負わされたのであろう。

蔵人介は静かに歩みより、枕元まで近づいた。

「おぬしには、何も言うことはない」

掛け蒲団を捲る。

刹那、数弥が伸びあがってきた。

右手には、陣鎌《じんがま》を握っている。

「死ね」

鎌の刃が鼻面を嘗めた。

いや、蔵人介は見切っている。

ほぼ同時に、鳴狐を抜きはなっていた。
「ぎゃっ」
一刀のもとに、右小手を落とす。
返す刀で喉笛を裂いた。
——ぶしゅっ。
数弥は仰《の》け反《ぞ》った。
鮮血が天井まで噴きあがる。
「血の気の多いやつだな」
後ろの半兵衛がつぶやいた。
ふたりは跫音を忍ばせ、血腥い部屋をあとにする。
つぎはいよいよ、室賀采女を成敗する番だ。
今ごろは帰宅の途についたところであろう。
庭には串部だけでなく、里も待っていた。
頼んでおいた装束を一式抱えている。
「さて、これより仕上げをご覧《ろう》じろ」
串部は見得《みえ》を切り、芝居じみた口調で言ってのけた。

十一

二合半坂の坂上、室賀屋敷の周囲には、あいかわらず大勢の捕り方が屯《たむろ》している。

「ほかにやることはないのか」

串部は皮肉をこぼした。

南町奉行になった鳥居耀蔵の采配である。

よほど、室賀采女とは腐れ縁で結ばれているのだろう。

夕陽は西に大きくかたむいたが、日没までにはまだ猶予がある。

室賀主従は家格に応じた供揃いを仕立て、千鳥ヶ淵のほうから戻ってくるはずであった。

串部は小者に化け、捕り方のなかに紛れている。

蟹のような体軀《たいく》をみれば、すぐに串部とわかった。

手には刺股《さすまた》を握っており、堂に入った印象ではある。

肝心の蔵人介はと言えば、何処にも見当たらない。

捕り方どもがぞろぞろと、田安御門のほうへ動きだした。

「御奉行の見廻りである」

与力の一声に緊張が走る。

大仰《おおぎょう》に飾りたてた黒駒にまたがり、鳥居耀蔵が颯爽と登場した。

集まった捕り方どもを睥睨《へいげい》し、馬上から大声で鼓舞しはじめる。

「小普請組の穀潰しどもめらが徒党を組み、小普請組支配の屋敷を襲うとの訴えあり。信頼のできる筋よりの一報ゆえ、町奉行としては捨ておけぬ。ゆえに、各々、気を引き締めて事にあたるように」

与力の音頭で「おう」という声が騰《あ》がるなか、串部だけは「強欲者、阿呆奉行」などと、悪態を吐いている。

鳥居の偉そうな訓示はつづいた。

「昨今、市中の風紀は乱れに乱れておる。強盗に火付けに打ち毀《こわ》し、何でもありじゃ。先の御奉行が甘すぎたゆえ、かような始末になったのじゃ。わしはちがう。このまま悪党どもに愚弄《ぐろう》されておっては、お上《かみ》の沽券《こけん》にも関わってこよう。江戸町奉行所の権威を今こそみせつけねばならぬ。はたらけ、存分にはたらくがよい。大いに手柄を立て、わしを喜ばせてみよ」

「おう」

やけっぱちにも聞こえる歓声が、広小路の端に響きわたる。

ちょうどそのとき、田安御門を背にして、室賀采女の一行がやってきた。

馬ではなく、徒歩のようだ。

大柄な神保鉄三郎が用人として随伴《ずいはん》し、草履取りやら槍持ちやらも合わせれば総勢で七、八人はいた。

この一行を、鳥居以下の捕り方が出迎えようとしている。

奇妙な光景だった。

室賀主従は鼻高々である。

と、そこへ。

突如、蹄《ひづめ》の音が聞こえてきた。

千鳥ヶ淵のほうから、次第に近づいてくる。

「何だ、どうした」

室賀たちが振りかえった。

一頭の斑馬《まだらうま》が首を振り、疾駆《しっく》してくる。

鞍《くら》はついているようだが、人は乗っていない。

「ぬわっ」

馬は一行を蹴散らし、鬣《たてがみ》を振りみだしながら、捕り方のほうへ突っこんでいく。

——ひひぃん。

鳥居の乗る黒駒が動揺し、左右に激しく動きだす。

捕り方どもは尻をみせ、坂の左右に散っていった。

ついに黒駒は竿立ちになり、鳥居を振り落とす。

「痛っ……だ、誰か、助けろ」

斑馬は猛然と突っこんでいった。

よくみれば、横腹に人が組みついている。

公人朝夕人の伝右衛門だった。

騒ぎのなか、捕り方のひとりが駆けだす。

突進してくる斑馬と擦れちがい、室賀たちのほうへ迫っていった。

串部である。

「ぬおおお」

駆けながら獅子吼《ししく》し、両刃の同田貫を抜きはなった。

背後の捕り方どもは馬の突入で混乱し、誰も串部に気づかない。

いや、神保鉄三郎だけは気づいていた。

三尺に近い刀を抜刀し、右八相に構えている。

「くせものめっ」

尋常ならざる事態に接し、室賀と小者たちは尻をみせて逃げる。

串部は低い姿勢で迫った。地べたを這うほどに低い。

仁王立ちの神保が、刀を大上段に構えなおした。

「くわっ」

双方、激突する。

擦れちがった勢いのまま、串部は千鳥ヶ淵のほうまで駆けていった。

残された神保が振りむく。前のめりに倒れ、顔を地べたに叩きつけた。

すでに、勝負はついている。

左右の臑が切り株のように残されていた。

「ひぇっ」

仰天した室賀は一目散に駆け、露地裏へ逃げこんだ。

と、そこに、陣笠をかぶった町奉行所の与力が立っている。

「……た、助けてくれ……し、刺客が襲ってきおった」

室賀が情けない顔で縋りつく。

毅然とした与力は、丸い桶を抱えていた。

それを面前に差しだし、蓋を開けてみせる。

「ぎゃっ」

室賀は腰を抜かした。

桶に入れてあったのは、高柳五郎左衛門の首だ。

与力は陣笠をかなぐり捨て、鬼の形相で睨みつける。

「……お、おぬしは誰じゃ」

狼狽《うろた》えた室賀の鼻先へ、顔を近づけてやった。

「この顔におぼえはないか」

「あっ、鬼役」

「おぼえておったか。四年前、おぬしは御普請奉行の高柳五郎兵衛を罠に嵌めた。この首はな、父の恨みを晴らすことができずに逝った息子のものだ」

「……な、何故、おぬしが」

「高柳五郎左衛門は、道場で鎬を削った友であった。かような最期を遂げるはずではなかったに。おぬしだけは、どうあっても許すわけにいかぬ」

「……ま、待て。金ならいくらでもやる。助けてくれ」

「もはや、言うべきことはない。戯《ざ》れ言《ごと》は地獄の閻魔にでも聞いてもらえ」

「待ってくれ、後生《ごしょう》だ」

「密命により成敗いたす」

一歩踏みだし、鳴狐を抜きはなつ。

白刃一閃、露地裏の暗闇に人影が倒れた。

蔵人介は首桶をだいじに抱え、のっそり歩きだす。

広小路は慌てふためく者たちで溢れ、悲鳴や怒声が響いている。

蔵人介は素知らぬ顔で喧噪に背を向けた。

密命を果たすのならば、情にしたがって動くべきではない。

もちろん、わかってはいるものの、そうできぬときもある。

密命を与えられたというよりも、こたびばかりは助け船を出してもらったというべきだろう。

橘右近とは確執もあったが、盤石《ばんじゃく》の信頼を寄せていた。

信頼があったからこそ、無情に徹することもできたのだ。

家慶の御墨付を持つ如心尼を信じぬわけではなかった。

だが、つぎに密命が下されたとき、きちんと受けられるかどうかはわからない。

拒むことは許されぬにしても、御役目として受けいれる素地がまだできていないように感じられた。

あくまでも、友の仇を討ちたかったのだ。

怒りの情にまかせて、奸臣の命を断った。

そんな自分に密命を果たすことができるのか。

たとえ悪党であっても、人を斬ることが許されるのか。

友に問いかけても、こたえはかえってこない。

陽はすでに落ち、濠端の道は暮れなずんでいる。

千鳥ヶ淵の柳が風に揺れ、囁くようにざわめいていた。

汀《みぎわ》の一隅には、早咲きの梅が咲いている。

あの梅をひと枝折って届けようか。

蔵人介の脳裏には、如心尼のふくよかな笑顔が浮かんでいた。

十二

正月二十四日、夕刻。

奸臣を成敗してから八日経った。

蔵人介のすがたは、亀戸《かめいど》の普門院《ふもんいん》にある。

唯心一刀流の道場主である檜山亭に誘われ、高柳五郎左衛門とその父五郎兵衛の菩提を弔いにきたのだ。

普門院は真言宗の名刹《めいさつ》で、寺号は福聚山善應寺《ふくじゅさんぜんのうじ》という。

幕府から朱印状《しゅいんじょう》を拝領する御朱印寺でもあり、境内には毘沙門《びしゃもん》堂も築かれていた。

高柳家の墓石は、本堂裏手の一隅にひっそりと佇んでいる。

無役となってからは大きな法要をおこなうこともなくなっていたが、三河《みかわ》のころより徳川家に仕えてきた由緒ある旗本だけに、墓石はなかなか立派なものだった。

高柳家の血統は五郎左衛門で途絶えたものの、檜山の尽力もあって父子の骨を無事に納めることができたのだ。

蔵人介が手向けの花に携えてきたのは黄梅《おうばい》である。

城の石垣に垂れさがっていたものを、太い枝の根本から伐《き》ってきた。

「あっ、やはり、来てくれたようです」

檜山がほっとしたようにこぼす。

墓参には先客があった。

四年前に離縁された妻の保乃《やすの》と娘の雪である。

雪は手に雪割草を携えていた。

薄紅色の可憐な花が墓石に手向けられるのを、蔵人介は複雑なおもいでみつめた。

——九つにしては上手かろう。

嬉しそうに娘の描いた絵をみせてくれた友の顔が忘れられない。

目を泣き腫らした娘をみれば、離れ離れになっても心を通わせていたことは充分に窺われ、返す返すも友の死が悔やまれる。

「雪割草には思い出がござります」

保乃はしんみりと語ってくれた。

「祝言《しゅうげん》の日、顔の強ばったわたしの気持ちを和《やわ》らげようと、五郎左衛門さまはそっと雪割草を手渡してくれました。あ、お優しいお方なのだなと、わたしはいっぺんで心を奪われ、やがて授かった娘も雪と名付けました。四年前は、別れたくて別れたのではありませぬ。わたしたち母娘の行く末を案じ、五郎左衛門さまは土下座をしてまで別れてほしいと仰いました。どこまでも、お優しいお方なのでございます」

娘は母のかたわらで泣きじゃくっている。

蔵人介は最期を看取《みと》った者として、これだけは伝えておかねばならぬとおもった。

「五郎左衛門どのは、お会いすればいつも朗らかに笑っておられた。そして、この絵を肌身離さず携えておられました」

娘に形見となった絵を渡すと、母がたまらずに嗚咽を漏らしはじめる。

杏《あんず》色の夕陽は落ち、亀戸天神のほうから神事の流行唄が聞こえてきた。

「心つくしの神さんが、うそを信《まこと》に替えさんす、ほんにうそがえおおうれし」

この季節、亀戸界隈は梅見の客でいっぱいになる。北十間川《きたじっけんがわ》には臥龍梅《がりょうばい》で有名な梅屋敷があり、十間川沿いには亀戸天神があるからだ。

しかも、今宵は境内で鷽替《うそか》えの神事が催される。見知らぬ老若男女が寄り集い、みなで輪になって唄って踊るのである。

檜山と母娘も誘い、蔵人介は亀戸天神の境内へやってきた。

「殿、こちらでござる」

目敏《めざと》くみつけた串部が、大きな声で呼びかけてくる。

「遅い、遅い、何をしておられる」

叱りつける志乃の隣には、幸恵と卯三郎のすがたもあった。

義弟の市之進は社頭の見世に並び、木の鳥をたくさん求めてくる。

丹《に》や緑青《ろくしょう》で彩色された木の鳥が、集った者たちみなに配られた。

手を出すなかにはおふくもおり、検毒師の薫徳も皺顔を差しだす。

志乃に呼ばれたのか、加賀前田家の家臣となった壺井師古の顔もあった。

保乃と雪にも木の鳥が手渡され、小走りに輪のなかにはいっていく。

小さな輪は次第に大きくなり、すぐさま、境内いっぱいに広がった。

「心つくしの神さんが、うそを信に替えさんす、ほんにうそがえおおうれし」

輪になったすべての者が声を合わせて唄い、袖に隠した鷽を交換しはじめる。

「替えましょ、替えましょ」

知らない者同士の手から手へ鷽を渡せば、凶事はたちまち吉事に変わる。

誰も彼もがそう信じ、大きな声で唄いつづける。

串部はおふくと手を繋ぎ、顔を真っ赤にさせた。
親しい者たちの笑顔に、疲れた心も癒やされていく。
やがて、保乃と雪の顔にも笑顔が戻った。
檜山も調子外れの声で唄っている。
境内を彩る梅の花は、いっそう咲きほころんでいくかのようだ。
輪のなかには、高柳五郎左衛門のすがたもある。
誰よりも大きな声で、楽しげに唄っていた。
「替えましょ、替えましょ」
心を合わせた声がきっと、天まで届いているのだろう。
蔵人介はときとして、双肩に背負った業の重みに潰されそうになる。
だが、逝った者たちの霊に励まされ、苦難の道へと踏みこんでいく。
立ち止まらずに進めば、彼方に光明を見出すことができるかもしれない。
蔵人介はそう信じ、歩きつづけようとおもった。
梅の花弁が風に舞い、月夜の空を覆いつくす。
ふと、如心尼の綴った格言が口を突いて出た。
「白刃踏むべし」

みずからを鼓舞するように、蔵人介は繰りかえす。

「白刃踏むべし」

その声はすぐさま、大勢の唄声に掻き消されていった。

光文社文庫

文庫書下ろし／長編時代小説

白《はく》　刃《じん》　鬼《おに》役《やく》 二十三

著　者　坂《さか》　岡《おか》　真《しん》

2018年5月20日　初版1刷発行

発行者　鈴　木　広　和
印　刷　慶　昌　堂　印　刷
製　本　ナショナル製本

発行所　株式会社　光　文　社
〒112-8011　東京都文京区音羽1-16-6
電話 (03)5395-8149　編　集　部
8116　書籍販売部
8125　業　務　部

ISBN978-4-334-77657-2　Printed in Japan

組版　萩原印刷

鬼役メモ

画・坂岡 真

キリトリ線

※ページ内側にあるキリトリ線で切って、備忘録にお使い下さい。

キリトリ線

鬼役メモ

画・坂岡 真

※ページ内側にあるキリトリ線で切って、備忘録にお使い下さい。

鬼役メモ

画・坂岡 真

※ページ内側にあるキリトリ線で切って、備忘録にお使い下さい。

キリトリ線

キリトリ線

鬼役メモ

画・坂岡 真

※ページ内側にあるキリトリ線で切って、備忘録にお使い下さい。